土塊《こごり》は肥やしになる

小林新内

まえがき

私が今ここにいることは、長い歴史の中でさまざまな偶然を含むつながりの結果なのでしょう。何百年、あるいはもっとさかのぼった昔の人達が、いろいろな人々と出逢い、そしてお互いを思いやり、子孫を残してくれたそのつながりの結果、私がここに生きているのです。どこかで一つでも組み合わせが違うと、私はここにいません。

どんな先祖だったのだろうと思うと、何とかして少しでも知りたい。そう思うようになったきっかけは、私の家に伝わる古文書です。墓の石塔の年代と古文書に出てくる年代（二一四ページ資料参照）を照合してみると、西暦一五〇〇年代からの記録が残されています。古文書は約二百三十点、四百ページに及ぶもので、その時代の風俗・出来事・庶民の暮らしぶりなどの一端をうかがうことができます。歴史的な資料としても第一級に近い価値のある文書もあり、板倉町教育委員会発行の『波動』八号に特集として紹介されています。

この古文書を手にしながら、約五百年前からこの古文書を引き継いでくれた先祖がどんな個性を持ち、どんな暮らしをしていたのかと思い巡らすと、一層興味が湧いてきます。そして私も、これからの人達のために引き継ぐ責任を感じます。そのためにまずこの古文書の存在を伝えるとともに、こんな私の生きてきた証しを残したいと思いました。

私の生きてきた証――それは百姓だということです。しかし、「俺は百姓だ！」と胸を張って言えるようになるまでには年月が必要でした。この本では、そのように言えるようになった過程も記しています。

この本の書名「土塊《こごり》は肥やしになる」について、少し触れておきたいと思います。子どもの頃、田植えの代かきを手伝っていたとき、父が口癖のように言っていた「土塊は肥やしになるからな……」という言葉が私に深く刻まれています。どんな作物を栽培するときも、この言葉をどう具現化するかを考えてきました。

土塊（「こごり」と読んだり「つちくれ」と読んだりします）とは、ごろごろとした土の塊《かたまり》のことです。良い土は、ひたすらに耕せばできるわけではありません。土壌の粒子が小さな塊を形成している「団粒構造」こそが、保水性に富みながら排水性・通気性も良く、作物の生育に適するのです。より良い団粒構造をいかにつくるかが、土づくりの根幹となります。

父をはじめ昔の人々は、このようなことを体験的に知っていたのでしょう。あるいは、馬に「まんぐわ（馬鍬）」を引かせて水田を耕すのは重労働ですから、それを切り上げるための、自分への「言い訳」だったかもしれません。

私は鏡のようにきれいに仕上がった水田よりも、土塊が適度に残った、見た目は良くないけれど「あそび」のある水田のほうが好きなのです。

この本の主要部分は、約四十年間、毎年書き続けている「土くれの会」の機関誌の中の作品をベースにしています。また、私自身にかかわりのある略歴や家系図も資料として収録しました。


この本を発行するにあたり、大勢の皆さんのお力添えをいただいています。

まず「土くれの会」の皆さんです。長い間ご指導をいただきました。また、原稿を整理する中で南部公民館の宇治川公三元館長、職員の河井さん、渡辺さんに大変お世話になりました。また、それぞれの作品の執筆に際しましては、大勢の皆さんのお話などにヒントをいただきました。さらに、子供達、孫達からも頑張れコールをもらっています。最後に、編集から装丁、印刷、出版まで全てを担当してくれた、ほんの森出版社長の敏史君（二男）には本当にご苦労をかけました。

皆さん、「感謝」の言葉のみです。

平成三十一年四月

小林　新内

土塊は肥やしになる
も・く・じ

第3章　家族と生きる

第4章　ふれあいの中に生きる

資料編

第1章

この地に生きる

水神宮

物語になるこの地域は「水場」と言われ、蛙が小便しても水が出る洪水の常襲地帯である。屋敷の中に「水塚」という土盛の高台を作って土蔵を建て、大切な家財道具や味噌、醤油など食糧を備蓄していた。

ところでこの近くに大きな沼があった。大小さまざまな沼がたくさんある所なので、特に珍しいということではない。ただ水深があり魚がたくさん捕れるのが特徴と言えばそう言えるかもしれない。

沼の東南側は小さな堀につながっているので、沼の反対側に行くには長さ二間半（四・五メートル）、巾五尺（一・五メートル）ほどの丸木橋を渡らなくてはならない。この丸木橋の上は土を盛って、歩きやすいようにしてあり、みんなに「ドバシ」（土橋）と呼ばれているが、いつの間にか橋の名前が沼の名前になっている。

沼の南側は高台になっている。榎や欅などの雑木林で、沼辺には竹が生い茂り人々を寄せつけない。水草も生えない、特異というか神秘的な景観である。その森の反対岸には、マコモ（真菰）や葦が生い茂り、さまざまな水草の中を鯉やフナ、クチボソ、タナゴ、浅瀬にはメダカも白い鱗を光らせている。水草の中のわずかな隙間には大きなナマズが口を空けてパクパクと奇妙な音を立てている。

むらの人々にとってこの沼はまさに宝の沼である。沼とかかわりを持たずに毎日の生活は成り立たない。

まず沼で釣った魚類は貴重な食糧であり、澄んだ水で身体を洗い、洗い物もこの沼の水が使われる。だから魚も一本の竿で一匹ずつ釣る。そのときに食べる分だけしか釣らない。

むらはいつも平和だった。自然の恵みのおかげで争いもなくみんなの心も明るい。特に豊かというわけではないが満ち足りているというのだろう。だから他家に何かことが起きると寄り集まって慰め、力を貸してやる。そしてみんなが感謝の気持ちを忘れなかった。

そんな中で一つだけ例外があった。

沼の東南の丘の上に小さな掘っ立て小屋があり、少年と年老いた老人が住んでいた。少年の父は少年の幼い頃、病でなくなり母も夫のあとを追うように世を去った。少年は祖父に育てられている。土地の人々はこの家庭にだけは、この沼の魚を釣って生計を立てることを認めていた。

その年も暑い夏が過ぎ秋風が立つ季節になった。間もなく秋の収穫期である。農家の人達はみんな今年の豊作を信じていた。それだけにこの秋の台風の大きな被害は作物ばかりでなく人々の心まで打ちのめしてしまった。

静かな秋の日が幾日か続いていたが、丘の上に住む老人はこの晴天に何か言い知れない不安を感じて人々に用心するように話したが誰も信じなかった。天気予報もない時代だから、良い日が続けばいつまでも晴天が続くもの、雨が降り続くと「ずーっ」と止まないのではないかと不安になる。

老人の予言は的中した。良く晴れた夕方、西の空から筋状の白い雲が太陽に向かって真っすぐに走っていた。

「太陽が水息を吹いている」

と老人はますます不安をつのらせて、用心するようにと呼びかけたが、その話を信じたむら人は少なかった。

雨は細びきをつるしたように太い雨足を地面にたたきつけてきた。そして降り続いた。乾ききっていた大地からも水が噴き出している。田圃の稲は青だたみを敷いたように倒れ、数日前までのあの豊かな稔りは無惨にもたたきのめされた。あふれ出た川や沼の水は容赦なく田畑に押し寄せ、住まいの庭先にまで達している。むら人達は当座必要な家財道具を持って、一段高い所にある氏神様の境内に避難した。大雨が降ればたちまち洪水の出る常襲地帯なので申し合わせたようにむら人達は集まった。

雨は七日も続いた。水かさは次第に増して住まいの中にまで入り、低い所の家は屋根だけしか見えない。

水が引いたのは数日後だった。洪水のあとは特別の臭いがするものだ。生臭く甘とろいというか、野菜くずが腐る直前のような臭いで、鼻をつまみたくなるものだ。

家に戻っても土間には泥水が流れ込んで「ノロ」がたまり、まともに歩けない。避難するときに外して立てかけた床板も濡れたままだ。土で塗った壁には水の深さを印すように、はっきり境ができていて水の中に浸っていた部分は落ちかかっている。かまどの中にはまだ水がたまっている。飯を炊くにも燃やす薪もない。家のまわりに流れ着いた小枝を乾かし、固形物の見当たらないような粥を作って食べる。

こんな生活が続くうちにむらの人達の心は次第に変わっていった。

ある日、一人の若者が沼に行って魚を釣り始めた。最初は一本の竿で釣っていたが、突然数本もの竿で釣り始めた。またたく間に「ブテ」の中はフナやナマズで一杯になった。若者は宿場の商家に持って行って幾らかの金に替え、米、味噌を買って帰った。

この話はその日のうちにむら人達の耳にとどいた。

精魂こめて作ってきた作物はもう収穫皆無だ。これからどうすれば良いのか、何を糧に生活したら良いのか、働き口も無くみんな何とかしなければ……と考えていた矢先だっただけに、この話題はむら人達に複雑な思いでとらえられ、大きなショックを与えた。

沼の魚は釣って食べるもの、売ることのできるのも少年と老人の家族だけである。他の人達には許されないという約束ごとになっていた。その掟を一人の若者が破ったのだ。

むら人達はどう対処したら良いか話し合った。

「絶対に許すべきではない、村八分にすべきだ」

と強い口調で主張する者、また一方では、

「いくら何でも可哀想、こんなときだから大目に見ては……」

意見は対立したままで結論は出ない。長老格の一人が、ひとまず解散してもう一度相談しようと提案したが、正直に言うと、「背に腹は替えられない」というのが大勢の本音だった。

ひそかに暗闇にまぎれて多量に魚をとる者が現れ出した。月の無い晴れた夜など星が宝石をちりばめたように沼面にゆれていた。夜行性のウナギなどがよく釣れた。目が闇に慣れてくるとあちらこちらに人影がシルエットになって浮かびあがる。誰も声を出さない。魚を釣り上げる音だけが沼面を渡ってくる。

一度味をしめた者はもう止められない。俺ぐらい、俺だけは別……とみんな自分勝手な理屈を付けてしまうと、もう誰にも止められない。魚をとらない者が異常という気持ちが支配的になって、むらの掟はいつの間にか消え失せてしまった。

むら人達の心は変わった。貧しくなった。誰よりもたくさん魚をとる。他人のことはどうでもいい、秩序は乱れ、身勝手な振る舞いが横行した。

ところがあんなに釣れていた魚が急に釣れなくなってしまった。誰にもその理由が分からない。水の色まで汚れて水草なども枯れかかっている。すると今度はむら人達は口々にののしり合い、いがみ合うようになった。

沼で魚が釣れなくなって一番困ったのは丘の上の少年の家だ。老人と少年には食べる物はもう何も無い。以前はそんなときにはみんなが助けてくれたものだが、今ではみんなそしらぬ顔をしている。

沼の北側にも小高い丘があった。ここは「行人塚《ぎょうにんづか》」と呼ばれていて昔行者が生きながらにして仏になったと言い伝えられている。ここに小さな祠があった。

老人は沼の水が汚れ魚がとれなくなったのは神様の「たたり」ではないかと考えて、少年にも黙って人目に付かない真夜中に祠の神様にお願いに通った。みつきとおか（三月、十日）お百度参りをしようと決心していたのだ。

雨の夜や寒い夜もあったが老人はお参りを続けた。

満願の幾日か前の夜、不思議なことが起きた。いつもは真っ暗闇の祠の奥がボーッと明るく光っている。老人は神様の姿を見た思いで一心に祈り続けた。

朝になって少年は老人の居ないのに気付いた。おじいちゃんはいつも夜中に出かけるけど、どこに行くのかは知らなかった。心当たりを探したが見当たらない。仕方なく少年は近所の人々にお願いして探してもらったがどこにも居ない。少年は途方に暮れて沼のまわりの草群れの中を放心状態で歩きまわっていた。すると足に何かが引っかかった。よく見るとボロ布を一緒に編み込んだわら草履だ。それも、もう鼻緒が切れほつれかかっている。だが見覚えがあった。いつもおじいちゃんが履いていたものだ。しかも沼に向かって揃えて脱いである。少年はヘタヘタとその場に座りこんでしまった。その様子を見ていたむら人達が集まってきた。老人が沼の中に入ってしまったのではないかと裸になって沼の中を探し始めた。が、どこにも居ない。誰となく、

「神様になったのかなあ……」

と言いながら探すのをあきらめた。

近所の人達で形ばかりの葬儀を済ませたが肝心の遺体はない。初七日が過ぎ三、七日過ぎても何の手がかりもない。むら人達がもう誰も沼に近づかなくなってしまった。そして老人がいなくなったのは自分達のせいでは……と思い始めていたものだから気がとがめていた。

突然沼に異変が起きたのは、老人の行方不明になってから四十九日目だった。

晴れ渡っていた空に、にわかに雷雲が発生するとまたたく間に辺りが真っ暗になった。生ぬるい突風が吹いてきたと思う間もなく稲妻と雷鳴が同時に沼の中ほどに落ちた。雷鳴は人々の耳をつんざくばかりだ。大粒の雨が滝のように降りだした。そして大きな竜巻の尾が沼の中にさがり沼の水は全体が渦巻きとなって荒れくるっている。今まさに天地が割り裂けんばかりだ。とそのとき、子牛ほどもある正体不明の生物が大きな口を開け首を左右に振っている。巨大化した「竜の落とし子」のようにも見える。眼は爛々と輝き、下半身はナマズの尾のように鋭く水をかき、

天を仰いで水面上に立ち上がっている。

むら人達はあまりにもおそろしい光景に度肝を抜かれ、家の中に閉じこもり両手を合わせて神様のたたりがおさまるように祈り続けた。

小半時もすると雷もおさまり、雨も上がって陽の光がさしこんできた。おそるおそる沼の方を覗いてみると、水が光っている。水が輝いているではないか。沼の水が生き返った。小魚達が白い鱗をひるがえしながら泳ぎまわっている。みんな自分の目を疑った。

先ほどのあの嵐は何だったのだろう。悪夢にしてはあまりにもはっきりし過ぎている。身の毛のよだつ恐ろしさも覚えている。本当にあった出来事だったと認識をするには、少し時間がかかった。そして、

「丘の上の老人は沼の主になったんだ」

とむら人達はみんなで話し合った。

むら人達は、自分達が繰り返してきた勝手な行動を心から恥じた。

その気持ちを何とか形に表したいと、苦しい生活の中からわずかなお金を出し合って沼の北側の高台に「水神宮」の小さな石碑を建てた。それは沼の神様に感謝し、身をもって沼を救った老人の遺徳を末永く称えようとしたむら人達の良識の証でもあった。

むらにはまた以前のように明るくなごやかな平和が戻ってきた。

雲雀

四月も終わりの頃、草刈機を持って田圃のあぜ草を刈りに行った。うすいシルクのベールを一面に張りめぐらしたような空だ。軽快な草刈機の音はいかにも農繁期のせわしさをかき立てる。畦の半ほどまで刈って行くと、雲雀が一羽、よちよちと歩いている。

「えっ！　驚かないんだ」

人間だって逃げ出すのに……と思いながら、雲雀の居るまわりをのぞくと、田圃のくぼみに短い稲わらや枯草などを集めて巣を作り、卵が四個産んである。先ほど歩いていたひばりは母鳥で卵を温めていたのだろう。

私は少年の頃、この近くの畑で雲雀の雛を見つけた。けれどちょっと失敗してしまったことがあったのを思い出した。

小学校四、五年生（当時は国民学校と呼ばれていた）の今頃だった。学校から帰ると苗代に水を引き入れるのが私の日課の一つだった。

揚水堀に据えられた直径二メートルもある水車の上に乗って、自分の体重を中心より後側にかけ、歩くように水車を回しながら水を川から苗代に入れる作業である。

見た目には簡単そうに見えるが、意外と難かしい。竹竿が二本両脇に立っているが、まず水車の上でバランスを保って立っていることが大変だ。しかも川の水量によって体重をかける位置が微妙に違う。水量が多いときは、うしろの方に乗って水車の羽根に自分の体重をかけ、ゆっくり水車を回して水車の桶一杯に水を揚げる。水量の少ないときにはそんなことはできない。体重をうしろにかけ過ぎると水車は風車のようにからまわりし、バランスを崩して人間が川の中に放り出されてしまう。

かなり危険できつい作業だが、大人達はちょうどこの頃、蚕の世話で猫の手も借りたいほど忙しい。苗代の水入れは、子供達の手伝いを頼りにせざるを得なかったのだろう。我が家でも例外ではなかった。普通なら何やら口実をつけて億劫がる所だが、この仕事だけは違う。学校から帰ると誰に言いつけられなくても率先して苗代の水入れに行く。苗代は家から五百メートルほどの所にある。自転車に乗り砂利道をこいで行くのだが、水を汲む前にやらなければならないことがあった。それは先日見つけた雲雀の巣を確認することだった。

夕暮れ前の風が心地良く吹いていた。用水堀の左右の小土手には雑草が生い茂っているが、ところどころに野バラが白い小さな花を手で握り付けたように咲き誇っていた。

水車を回して水を汲んでいると、どこからともなく雲雀のさえずりが聞こえてくる。空を見上げていると狙いを定めたように一羽の雲雀が舞い降りてきた。

「あ、そうだ。もしかすると……」

一人でつぶやき苗代の水はまだ足りないけれど途中で水車から降りて、さっき雲雀が舞い降りた附近の麦畑にそーっとしのび足で近づいてみた。

「ひばりは絶対に自分の巣の所には舞い降りないんだよ」と大人達の言っていた言葉を思い出して、もしかするとこの近くに巣があるかもしれないなと胸を躍らせて探してみた。無い。

「やっぱり巣は無いや」とあきらめて立ち去ろうとすると、突然小鳥が足もとから飛び立った。驚いたが、じっと目をこらして辺りを探してみると、有った。麦の畦間ではなく、株の密度の粗いくぼみの中に巣が作られ、卵が三個産んであった。小躍りする思いで卵を取ってこようと思ったが、まだ三個しかない。もっともっと産むだろうと考え直し、苗代の水汲みを終わらせて家に帰った。

夜になった。遅い時間の夕食だった。家族のみんなに話そうか話すまいか迷った。が、結局誰にも話さず、自分だけのささやかな秘密にしておこう、と決めた。

巣を発見してから幾日も経たずに卵は四個に増えた。しかしなぜかそれ以上卵の数は増えない。巣の上を覆っている麦も少し色づき始めた頃、卵から雛にかえった。四羽の雛は灰色の羽毛がまばらに生えているだけで羽根も足もよく見えない。体の割に口が大きい。目はつむったままだ。

私が近づくと、母鳥と勘違いしてか一斉に黄色い口バシを目一杯あけ、上を向いて首を振っている。指で口バシを触ってやるとちょっとは落着くが、また同じ動作を繰り返す。しばらく見ていると、あきらめたのか、静かに目を閉じたまま寄り添って母鳥の帰りを待っているようだ。空の上では母鳥だろう、小鳥が声を出さず円を描いて飛んでいる。

私はついにこの秘密を母に話してしまった。母はうなずきながら、

「可愛いかんべな」

と笑顔を見せたが、その笑顔は今でも忘れられない。このことは間もなく母の口から父の耳にも入ったのだろう。私が学校から帰るなり苗代に行くのを、心なしか父も笑顔で見ているような気がした。

日増しに雛の体形は変わっていく。いつの間にか目が開いた。そして体全体の毛も密になり色も茶褐色になってくる。鳥らしくなった。一羽ずつ手に取ってみるとやわらかくて温かい。そのうち手のひらに白いフンをする。でもまだ飛べそうもない。

私はどんな鳥カゴを作ろうか思案していた。養蚕に使う麻糸網を何かのわくに張ったら四羽の雲雀は飼えるだろうかとか、にわとり小屋に一緒に入れても大丈夫かな、など思いめぐらしていた。しかしそんなことを考えていた矢先、悪夢のような出来事が起きた。

小雨の降る中をいつもと同じように学校から帰ると、すぐ自転車をこいで苗代に行き、まず雲雀の巣の所に行った。ところが雲雀が居ない。昨日は元気で手のひらに乗っていたのに……。いったいどこに行ってしまったのか。よちよちと歩くことはできても、まだ飛べないはずだがどこにも見当たらない。巣のまわりの麦畑の中を探してみたが居ない。空にも雲雀の声は聞こえないし、まだ巣立つことはないだろう。昨日はまだ飛べなかったのだから……。

巣の中に居ないって、なぜ……と考えた。想像できるいろいろなケースを思い合わせても、なぜか悪い方向へ行ってしまう。野良猫もいるし、この辺りではときどきイタチの姿も見かける。野良犬も群れをつくって畦道を歩いている。一挙に襲われては逃げる術も無いだろう。しばらくまわりを探したが、結局何の手がかりもない。日暮れになってしまって急いで家に帰った。裏の木戸の所までくると、母が心配そうな顔をして、

「どうしたん」と声をかけてくる。

「うん、何でもない……」と答えたが、内心、泣きたい思いだった。

翌日は朝から良い天気だった。父は朝食を食べながら、

「今日は朝から天気が良いから、雷でもくるかな」

と言っている。だが私はそれどころではなかった。早く雲雀の巣の所に行ってみたい。

学校から帰ると、一目散に巣の所に行ってみた。気配は何も感じられなかった。

空になった巣を手にとり自転車の荷台に置き、しばらくのあいだ良く晴れた空をながめていた。もしかして……と願いを込めながら。

追

後日談になるが、早乙女を雇い、田植が始まった。苗代の土が固くて苗の根は切れてしまうし、苗取りが面倒だと早乙女達から苦情が出ていたという。苗代の水を入れる量が少なかったのだろう。その話を聞いて、私は小さな胸を痛めたのだった。

ドバシ

　我が家の裏の方に「ドバシ」という三千坪ほどの池がある。今では「天神池」と呼ばれているが、やはり私には「ドバシ」でなくてはならない。それだけ、この池にはいろいろな思いが焼きついている。そして今この池を含めて周囲の整備がされ、新たに親水公園として生まれ変わろうとしている。

　先日、孫達を連れてドバシのヘドロを取り除く作業が行われている工事を見に行った。池の水は全部抜かれ、深い所は三メートル以上のヘドロがたまっている。搬入路が作られ、パワーショベルが何台もエンジン音をうならせている。そして、腕の長い特殊なパワーショベルが池の深い所のヘドロをダンプカーに乗せて運び出している。

　この作業を見ていた小学校一年になった孫が突然、

「自然をこわしてはいけないんだよね……」と言い出した。咄嗟のことなので私は返事に困った。現状しか知らない孫にして見れば、ヘドロが堆積した沼底でも、土を持ち出すことは自然破壊であると考えたのだろう。そこで私は、

「自然をこわしているのではなく、もとに戻しているのだよ」と説明したが、孫に本当に理解されたかどうか分からない。孫が大人になってこの池を見たときに、どんなことを思い起こすだろう。

＊

寒中のある日、私は友達数人とドバシに張り詰めた氷の上に乗っていた。岸から五メートルも離れたろうか、金属音が「キンキン」と鳴る。もうちょっと、もうちょっと、と先に進む。ドバシの南西側は日影になっていて、いつも厚い氷が張っていた。北に向かって池の半分くらいの地点まで渡ったが、怖くなって南側の岸辺に引き返した。小学校一、二年生の頃の冬休みのことだったろう。

いつの間に来ていたのか、岸辺に父親が立っていた。物も言わず、親父のゲンコツが私の頭に炸裂した。痛かったのを覚えている。何でゲンコツを喰ったのか分からなかったが、父親の心境はまさに薄氷を踏む思いだったのだろうということは、私が少々大きくなってから分かった。そしてその後、二度とドバシの氷の上に乗ることはなかった。

＊

春先になるとドバシでは蚕のエビラ（蚕を飼育する一メートル×一・八メートルくらいの竹をそいで編んだ大きな目の平らなカゴ）洗いが隣近所いっせいに始まる。西側の浅瀬の方は池底が砂地だった。どこの家の子供達もみんな手伝わされる。細い足のズボンをまくり上げ、両親がリヤカーに乗せて運んで来たエビラを池の中に放り込む。子供達は池の中で待ち構えていて、エビラが流されないようにつかまえ、縄を丸めただけのたわしでガサガサとゆすりながら洗う。洗うといっても子供達のやることだから、水の中を通す程度だ。

水遊びをしながらエビラ洗いを楽しんでいると、足のスネを何かがつっつつく。透き通った水の上からジーッと見ていると、口ぼそが足のまわりに集まってきて、ツンツンとつっつつく。ちょっと足を動かすとサッ！と逃げて行くが、またすぐ戻ってくる。くすぐったいが魚と友達になったような気分だった。両親に声をかけられ水の中から道路に上ると、もう乾いている所はなくビショヌレだが、心地良い春の風が吹いていていた。

この浅瀬の辺りは、田植の代かきの頃になると牛や馬の洗場になる。田圃で代かきをして泥んこになった牛馬をここに連れて来て洗ってやるのだ。牛や馬はこの水の中に入ると、必ずと言ってよいほど池の水を飲み、そしてフンをする。でも少しもきたないと思ったことはなかった。

夏になるとドバシは子供達の水泳場になる。プールなど、どこにも無い時代なので、男の子も女の子もこの中で芋を洗うように遊びながら泳ぎを覚えたものだ。水着など着ている子達はいない。男の子は素っ裸。女の子は流石にそうもいかなかったと見えて紺色の「ブルマー」を穿き、浅瀬で遊んでいた。上級生の女の子達が上半身、シュミーズのまま水につかっている異様な光景は、子供心に不思議な興奮を感じたものだ。

＊

この池の北側に我が家の畑がある。その畑にサヤエンドウが栽培してあった。

五月の初めの頃、大人達はお蚕の世話で忙しい。学校から帰るなり、「サヤエンドウを摘んで来て」と母親に頼まれた。日頃は学校から帰ると「宿題は！」と言われるのに、今日は違う。喜び勇んで小さなカゴを肩にかけ、子供用の専用自転車で出かけた。池の東側の道路は砂利道のガタガタ道路で、坂を下り終わった所から池になる。この坂道をブレーキもかけず勢いよく下って行くうちに、肩に掛けておいたカゴが前に出てきてハンドルと体にはさまり、運悪くハンドルが池の方に向いてしまい、そのまま自転車ごと池に落ちてしまった。

多少泳げるはずだがあわてているせいか体が沈んでしまう。「フッ！」と足を伸ばしてみたら足が地に着き、立ち上ってみると胸ほどの水深だった。

重くなった体でようやく陸に這い上り、自転車もカゴも池に残したまま家に帰った。事情を話したら、また父親に頭からどなられた。しばらくのあいだ、この道を通るのがこわくて、遠まわりして行っていたのを覚えている。

＊

昭和十二、三年頃だろうか、Iさんという人がドバシで鯉の養殖を始めた。池の南東側の高台に住いを建て、すぐ裏にエサ場を作った。池に張り出した桟橋の先端に行って足場板を「コンコン」とたたくと、大小さまざまな鯉が群れをなし重なるように集まってくる。この上から蚕の蛹をスコップで撒いてやる。大きな口をあけ音を立てながら競って食べている光景は、すさまじいと思った。私はこの臭いが嫌いだった。風向きによってどこにいても臭ってきて、よく鼻をつまんだものだ。

余談になるが、その鯉やさん（Iさんのことをみんなそう呼んでいた）の息子が亡くなった。小学校入学前の年齢だったろう。赤痢だという噂だった。当時は大変こわい伝染病で、近所ではみんな井戸の水を全て汲み出し、中に消毒薬を投入して消毒した。臭くて水がまずかった。そして大人達から「東の道を通るときは、息を止めて走って行くんだよ」と言われ、そうしたものだ。

ある年の秋、台風がこの地方を襲った。一気に池の水が増え、田畑も道路も、そしてドバシも全て水没した。ドバシに飼われていた鯉は水の流れに逆らうように池の外へ泳ぎ出して行く。鯉やさんはなす術もなく、放心状態で長い竹竿を振って流れる水面をたたいていた。その光景は子供心にもまことに痛ましかった。

鯉やさんが何年間、鯉飼いをしていたか覚えていないが、あまり良いこともなく、どこかに引っ越してしまったようだ。

*

私は高校卒業した年の春、天気の良い日は毎日ドバシで魚釣りをしていた。ミミズを小さな釣針につけて短い竿で足もとの池にさげると、待つ間もなく体長五～六センチの小ブナが面白いように釣れた。

でも何もやることが無くて釣りをしていたわけではなかった。やり場のない不満をまぎらわすためだった。だから何でもよかったのだ。そして清く澄んだドバシの水面に拡がる波紋は、いつの間にか私の心をなごませてくれた。

*

いつの頃からか、よく覚えていないが、元日の朝は早起きをさせられた。多分小学生になる前だったろう。眠い目をこすりながらドバシの北側の谷田川の堤防上に行く。そしてまず初日の出を拝むことになっていた。

東の空に太陽が顔を出し、輝きを増すにつれてドバシの池に張りつめている氷がキラキラと光る。南側の木立が寒々と首をすくめている。そして父の年齢を越えた今でも、毎年元旦の朝はこの行事を欠かしたことがない。

ここから眺めるドバシの風景には春夏秋冬、それぞれの顔があって、私はいつの眺めも好きだ。新緑とドバシの景色は目の覚める思いがする。夏のそれは大人の風格がある。風に裏返された大きなケヤキの葉は太陽に光り、下の淵に深い影を落とす。秋には緑と紅葉が入り混じり、ドバシの水面に映えている。そして冬にはツン！とつっ立った梢が天を指し、氷のつめたさを強調しているようだ。

私にはドバシの風景は神秘的にさえ感じられる。眺めるときの気分によっても違う。喜怒哀楽、同じ光景がそれぞれ変化して映る。

ネス湖に「ネッシィ」という怪獣が住んでいると言われ、大ウナギで有名な九州の池田湖には「イッシィ」という怪獣がいるという。ある日、孫達を連れて散歩に出かけた。

「このドバシにも怪獣が住んでいるかもしれないね。名前は『ドバッシィ』がいいね」などと話しながら歩いていると、孫は目を丸くして、知ってるかぎりの怪獣の名前をあげて真剣に質問してきた。いい加減なことも言えず、大変に困ったものだ。

＊

ドバシがいつ頃、どのようにして誕生したのか私は知らない。ただ物心ついたときから、この池とかかわりを持ってきた。そして今でも形は違っても日常の生活の中で切り離すことは考えられない。

ドバシの北側を「形人塚」と言う。大箇野村第一号古墳に指定されている所に稲荷様があるが、かつてこの稲荷様は形人塚にあったと言う。今でも谷田川の堤防のすその部分に石仏が二体、石碑が一基ある。私達が「うますて場」と呼んでいる所だが、その石仏のうしろの面に「高島村形人塚」と刻まれている。頭の部分が無いのでどんな仏像か分からないが、大切な場所だったのだろう。そして、

「『うますて場』と言うのはもしかしたら、『えな捨て場』、産後の汚物の捨て場だったのかな」と町文化財係長の荒井さんから言われて思い出したことがある。多分今から五十年も昔だったろうか。祖母が夕方暗くなってから一人でシャベルを持って何かをうずめに行った。子供心に何のことだか分からなかったが、ものすごくこわかったのを思い出した。

ここら辺りに住んでいた何百年、あるいはそれ以上も昔の人々も、ここドバシのほとりに来て、

池の水を汲み、魚を獲り、また時にはドバシと命がけで闘ってきた歴史が、いろいろな形で刻まれているような気がする。

ドバシの岸辺に朽ちかかったくいが何本か立っていた。その先端にカワセミがとまってジーッと水面を見つめ、小魚をあさっていた。私はカワセミが住みつくような、そんな素晴らしいドバシといつまでも仲良く付き合っていきたいと思う。

おさだ婆さん

小づくりだが鼻筋が通っている。襟足がすっきりしていて背筋がピンと伸びていて髪は粋な形の丸髷を結っていた。年齢は定かではないが五十そこそこだったのだろう。「おさだ婆さん」と呼ばれていたが、なぜそう呼ばれていたのか理解できなかった。人目に付くような美人だが、何となく影のありそうな雰囲気を持っていた。その彼女がいつの間にか姿を消していた。

「おさだ婆さん」にまつわる噂は、近所の人達をはじめ土地（地域）の人々の口の端に乗り、子供達までが意味も分からないのに噂に耳を傾けていた。

「おさだ婆さん」は大きな農家に後妻として嫁いできた。が、そのダンナはただの農家の主とはちょっと違い遊び人なのだろう。そんなところから噂に尾びれが付いて彼女はどこぞで芸者をしていたのを身受けしてきたとか、押しかけ女房なんだよとか、いろいろ言われていた。本当のことは分からなかったが、話す言葉になまりがある。東北とか関西弁ではない、もっと近い所なのだろう。しかしだからといって周囲の人からとやかく言われる理由はない。むしろ噂をする方がちがうのだが、話題の少ない土地なので格好の話の種にされたのだろう。

もちろん家の仕事（農業）にもあまり手を出さない。農家の母ちゃんといっても、いつもこざっぱりしていた。夏の夕方など陽の高いうちから浴衣姿で団扇片手に出歩いている。

昼どきなど住いの裏の道を通ると天ぷらをあげているのだろう、油のいいにおいがただよってくる。

天ぷらなど当時は大変貴重で、一般の家庭では盆と正月ぐらいしか食べられないのに毎日のようにいいにおいがする。まわりの人々にはこんな生活がうらやましかったのだろう、いや目ざわりでねたましかったに違いない。

近所の母ちゃん達だって女だ。いくら忙しくてもたとえ貧しくても綺麗になりたい、綺麗にしていたいと思うのは当たり前のはずだ。

特に農繁期になると非常に忙しい。子供達までが学校を休んで農家の仕事を手伝う。時によっては農繁休みと言って学校が休校になった。子供達にとっては受難の時期でもあったが……。

どこの家にも子供達は幾人もいたが、兄ちゃんや姉ちゃんが下のきょうだいの面倒を見るのは当たり前だった。

日が暮れる頃になると小さい子供は母親恋しさなのだろう、必ず泣きだす。子守をする兄や姉達もほとほと手を焼く。本人達も泣きたいくらいなのに、両親が畑からあがってくると今度は子守役の兄や姉達が叱られる。

ずーっとこんな毎日が続いているので、大人達も子供達さえもこれが当たり前と思っていたところに「おさだ婆さん」が現れ、身近にそんな生活を見た人々はまず驚いた。と同時に俺だってあんな暮らしがしてみたい、と思ってはみても現実の暮らしは差があり過ぎる。朝は陽が昇る前から田圃に行き、赤児にお乳を含ませる時間さえもおしまれ、夕方は月明りを頼りに働かなければ仕事が終わらない。そうしないと生活がやっていけないのだ。

あんな暮らしがあることを知らなければ、生涯不満も持たずに当たり前のこととあきらめて働き続けられたろうに、みんな心の中に少しずつ不満がつのりつつあった。

「おさだ婆さん」への噂の裏にはさまざまな思いが詰め込まれていたのだろう。いつか私だって、俺だって……と何かを自覚し始めた者もいたようだった。

しかし「おさだ婆さん」の幸せそうな暮らしはあまり長続きしなかった。頼りにしていたダンナがポックリ亡くなってしまった。一人残された彼女の生活はまたたく間にどん底まで転落してしまった。働こうにもそう簡単に働き口もない。近所の農家の手伝いに出て生計を立てようとした。初めの頃は義理立てるように雇ってみても、何せ百姓の経験も無い上にきゃしゃなものだから重い物も持てない。役に立たないので次々に断られてしまう。お里の知れない少し離れた村に出かけて何とか食いつないでいたようだ。しかし近所の人々に会うと「仕事が忙しくて」と自慢話もしていたとか。時には「大きな農家に泊まり込みで仕事に行くので」としばらく家を空けることもあったようだ。

その年も暑い夏がやってきた。ある日、変な噂が立った。

村の社の境内に大きな杉の木が立っていた。このお宮のご神木である。このご神木に「祈りくぎ」が打ち込まれたという。「祈りくぎ」などと言われても、何のことだから分からない人が多かった。すると、小鼻をふくらますように話をする年寄が自慢そうに、

「祈りくぎってのは、うらみを持つ相手の男を祈り殺すために、女がわら人形を作り心臓を目がけて五寸くぎでご神木に打ち付ける。ただ、夜中に一人で白装束で、誰にも見られないようにやらなくちゃ効かないんだ」

と見たことがあるように身振りよろしく話して聞かせる。怪談めいた話は、暑い夏の夜には打ってつけの話題だ。誰が誰をうらんで五寸くぎなど打つんだろうとの推測は、またこの噂を広げていく。元気の良い若者の中には、

「俺が一晩中、張番するよ」などと意気込むやつまで現れた。

それにしても誰が……。

「あっ！　そうだあの人だ。いるじゃないか」

みんなが思いつきそうな結末になりそうだ。ここのところ泊り込みで働きに行くと言っていたが、そこの家のダンナに縁を切られ、逆うらみをして祈りくぎを打つ気になったのだろう。白い着物をまとい黒髪を顔の前にたらし、真夜中にロウソクの灯を頼りに怨念を込めた人形をご神木に打ちつける光景は、思い出しただけでゾーッとする。「おさだ婆さん」にちがいないという噂がまことしやかに広まっていった。

人の噂などというものはまことに無責任なもので七十五日とか言われるが、秋風の立つ頃にはすっかり忘れ去られたようだ。

「おさだ婆さん」がこの土地に現れてからさまざまな噂が立った。しかし新しい風を起こしたのではないだろうか。自分にはかかわりもない人達までが何かを見、感じていた。世の中にはあんなふうに生きている人もいるんだ。悪口を言いながらも、その生活を興味深く見ていたのだ。牛や馬のようにただ働くだけの暮らし。特別に楽しいこともない、これといった喜びもない毎日。知らなければそれであきらめて、いや当たり前のことで疑問も持たずに過ごしていたものを、「おさだ婆さん」の出現で何かに目覚めた人達。

百姓の家に生まれた者は、否応なしに百姓にならなければならない。女性は農家に嫁ぐもの。そんなきまりはないのだが、おのずとそう決められていた。百姓は嫌いだ、と言ってみても選べるほどいろいろな職業を知らない。いやだ、という意識さえ持てるほどの知識もない。百姓は食うことだけは心配ないから安心だよ、というくらいの考え方しか持てなかった人々の心の中に、一石を投じた出来事だった。

「おさだ婆さん」の境遇が一変したのを機に、人々の反応はさまざまだった。気の毒にと思う人と、罰が当たったんだと言う人がいた。

ダンナさへ元気でいれば、こんなみじめな思いをしなくても済んだのにと同情する人は、「おさだ婆さん」のたどった運命を認めるかたわら、いつかは俺も、今より少しはましな暮らしをと、おぼろげながら小さな目標みたいに思う人達だった。

一方、「そうなるのは当たり前さ、天罰が当たったのさ。そうでなければ一生懸命働くやつは馬鹿みたいだよ」と厳しい口調で言う人達もいた。

旨い物を食い、ろくに仕事もしないやつがのうのうと暮らしているのが許せない。自分の境遇と引き比べ、泣くに泣けない毎日の暮らしから抜け出せないもどかしさから、ねたましく思い続けていた人達だったのだろう。

「おさだ婆さん」の暮らしぶりを見て、今の暮らしから抜け出したいと思い始めた人達も、具体的に何をどうするかは分からないが漠然と何かが見えたような気がした。何かが芽生えたのだった。

百姓だからといってただ働くだけでない。何かを探しても罰は当たらないかもしれないと思う人達が、一歩前へ歩き出すきっかけになった。

人々の噂が消えていくように、「おさだ婆さん」の姿もいつのまにかこの土地から消えていった。

明治節

昭和十五、六年の頃、多分太平洋戦争開戦頃のように記憶しているが、さだかではない。現在の「文化の日」を、その頃は「明治節」と呼んで明治天皇の誕生を祝う祭日であった。

私が小学校低学年の頃には、祭日は登校するだけで授業はなく、おごそかな式典だけが行われていた。校長先生は、礼服に白い手袋。教頭先生が、うやうやしくささげ持って来た教育勅語を校長先生が奉読する間中、子供達は頭を垂れて聞いているわけだが、何の意味か判らなかったのだけは覚えている。

しかしこのくらいの我慢は仕方のないことで、「今日の佳き日は大君の……」と明治節の歌を歌って式典が終了すると、待ちに待った紅白のモチがもらえる。大変不謹慎のようだが、私はこれ以上のことは覚えていない。

その頃の季節になると、だいぶ寒くなり、霜も降りて裸足になるのはかなり冷たかった。小学校入学前の弟と二人で、バケツと桑摘み用のカゴを持って、アクト（谷田川堤内の伊勢ノ木のことを地元の人達はそう呼んでいる）の中に数え切れないほどある小さな池（水たまりと言った方が適当かも知れない）の、カイボリ（掻い掘り）に出かけたものだ。

葦の落葉が水の中につもり、柳の株の根の辺りがえぐられている所を見つけると、バケツで水を掻い出す。たいした水の量ではないので、子供の手でも簡単に水は引いてしまう。すると泥の中から、グロテスクに見える頭の大きなナマズが独特な体を左右にくねらせながら出てくる。

子供の小さな手にはつかみきれないほど大きなものから、ギイギイナマズと呼んでいる小さなものまでさまざまだ。ナマズは頭を上から、その両頬（？）を力強くつかまないと逃げられてしまうのだが、必ず「ギュー」と異様な音を出す。

そんな水たまりを四～五か所もカイボリをすると、もうカゴの中にはかなりの数のナマズや小ブナが入っていて大漁になる。いつの間にか水の冷たいのも忘れ、着物や手足はもちろん、顔までドロンコになる。目鼻の区別もつかない状態で家に帰ったこともたびたびあった。

アクトには、立枯《たちがら》しになっている大きな桑の木がたくさんあった。夏の初め頃には、その大きな桑の木に登ってドドメ（桑の実のこと）を摘んで食べた。甘ずっぱい味は未熟なイチゴに似ているが、食べものの乏しかった時代なので、何とも言えない味覚だった。しかし腹痛を起こすから……ということで、クチビルを紫色にして家に帰ると両親から叱られる。

夏休みの頃になると、カブト虫やクワガタの宝庫になる。大きく自由に枝を伸ばしている水楢の木やハンの木、柳の木は、それらの虫の格好の繁殖場所である。

秋から初冬にかけての紅葉は、誠に見事で人々の目を楽しませてくれる。春、小雨にけむる雑木林には、青春の息吹きを感じたものだ。

あれから何十年かの年月が過ぎて、「明治節」は「文化の日」となった。アクトの田圃の、たわわに実った稲の収穫も終わりに近づくと、一面白い穂を付けたススキをなでて行く風もひんやりと冷たく感じられる。

私は物心ついて以来、このアクトの中で生きていたような気がする。

昭和三十年頃、我が家の農業経営は養蚕に大きなウエイトを置いていた。そして、何とかして生産性の高い経営にということで、その基礎になる桑園作りに知恵をしぼることにした。普通、一人前の桑園を作るには六年以上かかるものだが、半分の三年間で作り上げた。その桑園も、全部このアクトの中にあった。

そして約十年後、米の増産運動が展開されたのと、中国の生糸に市場を奪われた日本の養蚕は、減産をよぎなくされ、結局米作りに切り替えられた。例にもれず、我が家の桑園も全て陸田に転換されていった。

両手にできた豆の痛さをこらえ、額の汗を拭いながら、一丁のスコップで一株ずつ桑株を引き抜き、整地をして、ようやく一枚の陸田を作り上げたときの喜びは、言葉に言い表せるものではない。春先、新しく出来上がったばかりの陸田に、一番先に顔をのぞかせた一本の葦の芽に、自然の力強さ、素晴らしさを感じ、感激した思い出は今でも忘れられない。

一枚一枚の田圃には、それぞれの心があるような気がしてならない。それはこの手で作り上げて来た自分の分身のようなものだからだろう。

「目をつぶっていても、あの田圃の稲は今頃どんな生育をしているか分かるよ」と言うと笑われるかもしれない。でも本当のことだ。

あれからもう二十年になる。そして私の作り上げた田圃が、私の手から離れて行ってしまうかもしれない。文字通り身を切られる思いがする。

どんなに良く整備された他の田圃よりも、不格好なアクトの田圃が、私にとっては遥かに貴重であり、何倍も素晴らしい。

今日もまた馬つなぎの生い茂ったアクトの道を、用も無いのに歩いて来た。あと何回、この道が歩けるのだろうか……と考えると、胸に迫るものがある。これが時の流れというものなのだろうか。

＊昭和五十七年十月二十五日記。アクトの田圃は、板倉ゴルフ場（昭和五十九年十月二十一日開業）となる。

あきれた話

青いジュータンを敷きつめたような芝生の水滴が朝日に照らされて光っている。ゴルフボールの転がった跡だけがゆるやかなカーブを描いて細く長く続いている。春先、一番でのスタートのグリーン上は思いのままに好きな線が描ける。

ゴルフのプレーを楽しんだ方なら、こんな機会に恵まれたこともあると思う。オーバーに言えば冒険家が未開の地に初めて足を踏み入れたときの感覚に似ているかもしれない、などと一人悦に入る。

いやいやながらゴルフを始めてからもう二十年を越えた。スコアのことは一切気にしないというと嘘になるが、それくらい上達しない。いやむしろ次第にスコアは悪くなってきている。最近では年齢のせいにして開き直って楽しんでいるが。

ところで私はよく夢を見る。特に板倉ゴルフ場が造成される前のアクトと呼んでいた頃の形のままのあの一帯の風景だ。谷田川の右岸一帯は手つかずの自然が一杯だった（現状は逆で左岸になる）。

ゴルフコースに出ると、造成前からあった樹木がところどころに残っていて当時の地形が思い出されるが、夢の中では原形のままである。

昔のままの細い砂利道がくねり、無格好な形の普通畑や桑畑が葦原や湿地の広がる中に点在している。畑には春には大麦が作られていた。刈り取ったあとに麦上げという作業があり、これが大変だった。刈り取った麦を畑一面に薄く拡げ、太陽に当てて乾燥させる。幹ごと束ねて馬車に積んで家まで運ぶ。途中、荷を積んだ馬車の車輪が狭い道路から外れて動けなくなり、荷物をおろして積み替えたことが何度もあった。あるとき堤防の上り坂の途中で馬が力盡き、堤防の斜面を馬もろともころげ落ちたこともある。そんな体験が断片的に夢に出てきて、大変な場面で目が覚めホッとする。いまだに出てくる風景にゴルフ場はない。

こんな右岸の南側に「きど沼」と呼ばれる二町歩を超える水深の浅い沼があり、魚類の宝庫だった。その西の方には一町歩くらいの「西官地」と呼ばれる湿原があり、夏になるとハスの花があちらこちらに咲いていた。

葦原や湿原の中には数えきれないくらいの野鳥の巣があり、季節ごとに鳴き声は異なるがけたたましいと感じるほどだった。小動物も住んでいた。茶色い毛の野兎が農作物を食い荒らして農家は迷惑していたが、足が早くてなかなか捕えられない。

歩行用の耕転機や石油発動機が登場して、川や沼から畑に水を揚げられるようになった。陸田という新しい田圃が作られ、農家は草とり作業から開放された。

夜九時、十時と遅い時刻にこのアクトの田圃で田植えの代かきをしていると、耕転機のライトに向かって大きな食用蛙が何匹も飛びついてくる。時には大人の腕ほどもあるウナギが田圃の中に入ってくるなど、今では想像もつかないくらい自然のままだった。

このアクトは、台風シーズンになり大雨が降ると、またたく間に水没してしまう。大勢の釣り人が水没した稲の中に堤防の上から釣り糸をたれる、格好の釣場になる。「もっと水が増し続けないかな」と言っている人もいた。

丹精込めて作った作物が水底にあり、一刻も早く水が引いて欲しいと祈る気持ちでいるのにと腹を立てたこともあったが、自然災害だからとあきらめもした。四~五日間水没していると、ほとんどの作物は枯れてしまう。水の引いたあとの畑のにおいは、甘たるい何とも形容のできない異様な臭気をただよわせる。収穫が皆無のこともたびたびあった。

初秋蚕から晩秋蚕（八月から十月頃に飼育する蚕）の頃にもよく増水した。その対策に桑の木を高木に仕立てた。増水すると、普段は長屋に格納してある揚げ舟をおろし、その舟に乗って高い木の桑の葉の収穫にいく。ただ、桑の品種によっては大木になりにくい。「ロソウ」という品種は葉数は少ないが一枚一枚が大きく肉厚で大木になりやすい。そんな品種をあちこちに栽培していた。

少々話は横道にそれるが、この品種の桑の木には大きな桑の実（ドドメ）がたくさんつく。小鳥や虫達も好物だが、人間が食べても旨かった。赤紫色をしていて大人の親指の頭ほどの大きさで、イチゴに似た甘酸っぱい味がする。食べると唇が紫色に染まり、その色はなかなか落ちない。桑の木に登ってそのまま洗わずに食べるので、親達から、

「またドドメ食ったな」

と叱られる。しかし、一度味わうとやめられない。特に何も無い時代なので、学校帰りの子供達が三三五五、木に登って食べてから帰宅したものだ。

子供の頃から見慣れたこんな光景が、頭の中に焼きついている。夢の中にときどき出てくるのも当たり前なのかもしれない。

四半世紀も前になるが、このアクトを含む谷田川の一帯にゴルフ場建設の話題が持ち上がったときは正直驚いた。群馬県企業局と町が一緒にゴルフ場を作ろうというのだ。

みんながゴルフなんて暇人の遊び、社用族の接待に利用されるだけだろうという認識しかないので、農家の忙しいさかりに遊んでいられたら勤労意欲が低下して若者には決して良くないはずだと真剣に話し合われた。しかも肥沃な農地をつぶしてぜいたくな遊び場を作るなんてとんでもないことで絶対反対だよ、と地主の意見はほぼ一致した。特に我が家では予定区域の中に池沼、原野などを含めると二町歩以上の土地があり、影響は大きい。専業農家でもあるので農地を減らすわけにはいかない、と絶対反対の立場をとった。

しかし町役場の職員は熱心だった。百戸を超える地権者の家を昼夜を分かたず説得に当たった。さまざまな条件が提示され、状況は少しずつ動き出した。最初は影響の少ない人から賛成に回り始め、反対していた地権者の結束は、もろくも崩れた。しかし当事者にとってはさまざまな不安と複雑な思いが交錯していた。

何より先祖から受けついだ土地を手離すことの情けない思いは、他人には理解できないかもしれない。たとえどんな名目がついてもだ。先祖はなみなみならない努力でこの土地を手に入れた。その苦労を無にすることになるのだ。

役場職員との話し合いの中で、もし耕作地が欲しければ代替地を用意するという。だが小作農家と自作農家のプライドの問題はどうなる。農家が一生懸命働く理由の一つに、小作農家ではいたくない、小作料を支払わなくても済む土地を耕したいというのがある。しかし代替地は小作地である。せっかく頑張って自作農家になったのに、何で小作農家に転落しなければならないのか。

考えてみるとそれだけではない。長い年月耕してきた土地には愛着がある。その田圃のくせも全部分かっている。AとBという田圃では地力が違うから、稲を作付けする場合でも品種を変えたり肥料も変えるなど、試行錯誤を繰り返しながら最も適した形で栽培管理をする。子供を育てるのと同じで、結果が出るのには十年かかる。納得できる田圃に仕上がったのを手離すのは、無理やり我が子を連れ去られるようなものだ。

加えて代替地を耕作するとなると、自分の好みに合わせるのに十年かかる。またやり直しをしなければならないかと思うと目の前が真っ暗だ。

いろいろなやりとりをしながら、頑なな気持ちが変わり始めたのは、町の職員の熱意にほだされたからであった。それでもたくさんの問題はあった。そこで、「だったらどうする」ということになり、それらの問題を一つずつぬりつぶしていった。

最後に残った問題は、どうしたら小作人にならずにすむかということ。そして、長い年月の契約のあいだに問題が起きたときに誰と話し合うか、県企業局でなく身近な町にして欲しいということ。

前項については「農地流動化事業」の手法を取り入れ、代替地は町から借りるというバイパス的な手法で合意した。あとの問題については、土地は町に貸し、町が企業局に貸すという方法をとり、町は地権者の意を帯して県企業局と話し合うことで決着した。しかし全ての問題が解決されたわけではなかった。

とにもかくにも板倉ゴルフ場は完成した。そしてゴルフブームに乗って順調な滑り出しで当初の目標のプレイヤー数を大幅に上回り、プレーの予約を取るのにひと苦労だった。多くの町民もゴルフというスポーツを知り、楽しんでいる。板倉町にとっても「ゴルフ場のある町」としてイメージアップにつながったと思う。

造成当時、処分する暇もなくコースのレイアウトに組み込まれた大きな柳や楢の木の森だけは生きながらえ、コースの中に貴重な日影を落としている。特にアウトの四番辺りは造成前の風景を残していて感無量のものがある。

時間の経過というものは、あらゆるものを変えてしまう大変不思議な魔力をもっているようだ。農機具類の変遷は日本の農業を一変させた。そして日本の近代化に呼応して、農村にあった労働力が近代化を支えるべく農村から離れた。後継者のいない農村社会に変わってしまった。

あんなに頑なにしがみついていた土地（農地）も、今では大きく価値が下がり、欲しいと言えばすぐにでも、しかも安く手に入る。そして何よりも変わったのは人々の「心」かもしれない。

「価値観が大きく変化した」のかな？

「そう言ってるやつが一番変わったな」

と指をさされそうだ。

ゴルフ場の「ゴ」の字に抵抗していたのに、今では、

「ゴルフは一生の趣味です」

などと言う始末だ。

我が家の三男はソニー・コンピュータエンタテインメントから「みんなのＧＯＬＦ」なるゲームソフトを発売し金儲けまでしてしまったが、この発端は板倉ゴルフ場にあるかもしれない。

今日もバイクに乗って田圃の野回りをしたが、肝心の稲の出来栄えよりもゴルフ場の芝生の状態を気にしながらひと回りしてきた。

人間の心ってこんなにもいいかげんなものか、と我ながらあきれているが。――周囲の人達は、もっとあきれているようだ。

いろいろありました

今年（平成十三年）の九月一日、午後三時半頃から大変さわがしい雷雨となった。いや雨の降らない雷が襲った。

縦光りの稲光がガラス戸越しに無数に光り、雷鳴がひっきりなしに響いている。その最中、ひときわ大きな雷鳴に驚かされた。

「ピシャッ！」

鳴り続いている雷鳴とは異質の音だ。稲光は見えないが何か大きな物体が落下した感じだ。こんな雨の降らない雷は、昔から落雷が多いとおそれられていた。しかし間もなく大粒の雨が降り始め、雷鳴はおさまった。いったいさっきの物音は何の音だか気にかかっていた。

翌朝、となりの天神様の宮司さんが見えられた。こんな早い時間に何ごとだろうと思ったが、

「被害は無かったですか」

とのご挨拶。

「何ですか」

と問い返すと、昨日の雷で神社の西の檜に落雷があったとのこと。

私の家の庭からその木を見上げると、皮がめくられ、木のてっぺんから少し下の辺りがえぐられたように白く見える。まわりの枝や葉で覆われているのではっきりはしないが、かなり大きな傷になっているようだ。庭にも木くずが散乱している。大きなものでは直径十五センチ、長さ五十センチほどの木端が落ちていた。あのときのすさまじい音は、その木への落雷の音だったのだ、と納得した。

落雷があったとき、停電した。待っていてもなかなか回復しないのでブレーカーを調べてみるとブレーカーが落ちていた。この日の雷はあまりにも突然で、あわてて家に逃げ込んだので電気器具のコンセントを抜くのを忘れていた。しまった、と思いながらブレーカーを戻してみると全ての器具が通常どおり作動した。

ホッとはしたが、あの檜の状態を見ると、何も被害がないのは不思議なことだ。落雷にあった木と我が家の住いは十メートルとは離れていない。

「助かりました」

と宮司さんと話していると息子が出てきて、

「天神様のご加護だね」
と落雷のあった木を見上げている。
そう言えばこの出来事と似たようなことがずいぶん昔にもあった。

半世紀、いやもっと前になろうか、天神様には杉の大木が本殿の裏側から西側にかけて立っていた。十本くらいはあったろうか。他に本殿と塀のあいだに最も太く背の高いご神木があり、社の屋根をおおうように太い枝を張りめぐらせていて、この社のシンボルでもあった。これら全ての杉の木は古木で、大きなウロなどができていた。

たしか昭和十六年の秋に大きな台風が関東地方を直撃した。境内の西側の木が北東の強風にあおられて私の家の庭に倒れた。

夕食を済ませ、母、祖母、私達兄弟は居間で台風の過ぎるのをじっとこらえて待っていた。そのとき地響きがし、何かこわれるような音がしたかと思う間もなく、

「ドスン！」

と家が揺れた。何事かと玄関の戸を少し開けてみると、目の前には杉の枝葉が立ちふさがっていて外に出られない。

父は夕方から災害にそなえて消防団の詰所に詰めていて留守だ。この出来事を父に伝えなけれ

ばならない。私は母の言いつけで詰所まで行かされることになったが、外はどしゃ降りで風も強い。カッパも無いので綿入のはんてんを頭からかぶせられ、四百メートルほど離れた詰所まで走らされた。小学校低学年の私は、ものすごくこわかった。真っ暗闇の向こうの方に消防の詰所の赤色灯が見えたときには涙が出る思いだった。

翌朝、夜が明けてみて驚いた。この木があと三メートル北に倒れていたら、私達家族は大木の下敷になるところだった。庭先に建っていたトイレはペチャンコにつぶされていた。

「大難が小難だった。天神様のおかげだな」

と父は安堵して言った。

人間の力ではどうにもならないことというものはたくさんある。台風の強風で大木がどこに倒れるかは人為的には簡単にコントロールできるものではない。被害が軽かったのは「運が良かった」だけで、結果的には神だのみということになる。

高島（板倉町大高嶋）に縁のある「斎藤一人」という人がいる。累計納税額日本一という金持ちで、この人が書いた『成功力』（マキノ出版）という本の中にこんな言葉がある。

「あなたに必要なのは『運・鈍・根』の力である」

含蓄に富む言葉であると思う。

さて、その後しばらくしてこれらの古木は切り倒されたが、この木の処分の利権をめぐりいろいろな噂が立った。

社のまわりの木々はほとんどが切り倒されたが、一本ご神木だけが残った。一番太く背丈も高い、樹齢も一番の古木だろう。

「さすがご神木だな」

と賞賛されていたが、いつの間にか元気が無くなり立ち枯れてしまった。

だが、この木にはしばらくのあいだ、買手が付かなかった。木材の需要が減ったこともあるのだろうが、それよりも狭い所に立っているので切り倒すのに特別に高度な技術が必要だったようだ。ようやく地元の業者が落札したが、地上の木より根っこの部分が欲しいと落札したそうだ。


古老からこの社の成り立ちを聞く機会があった。

最初に祀られたのは約七百七十年くらい昔で、現在の天神様が建立されたのは百七十年くらい前だそうだ。菅原道真公に仕えていた岩下勝之丞（出羽国出身）という人の後裔勝之進が、先祖が道真公より受けた恩に感謝して京都北野天満宮に参詣した帰途、この地に宿を取った折、「ここに私を祀りなさい」と道真公が夢枕に立たれたのを受けてお祀りしたと伝えられている。

このご神木は現在の社が建立されたときにはすでに立っていたと推察され、そこに盛土をした。それもいっきにではなく、長年かけて土を運び上げた。社の裏の公園になっている所が土取り場で、私の先祖も軽子で担いで少しずつ運んだと言っていたそうだ。

ご神木を切り倒して根っこを掘り出したが、その穴の深さは大人の背丈の二倍以上あった。落札した業者は、銘木としての価値があると言っていた。

この木が何百年立ち続けていたかは定かではないが、鎮守の森のシンボルとして地域を見守り続けてくれた。とりわけ真下の我が家の先祖達も朝な夕なにこの木を仰ぎ見、暮らしていたかと思うと一層親しみを感じていた。ご神木が姿を消してしまったときの淋しさはひとしおであった。


ここのところ大変な災害が各地で発生している。

そして異常気象である。夏の暑さも雨の降り方もかつて経験したことのないような状態で、しかも台風も多い。この原稿を書いている最中に、台風十八号が本土に上陸している。京都地方が大荒れで、嵐山の渡月橋に濁流が押し寄せ、橋のたもとの土産屋に被害が出ているニュースが伝えられている。一週間前に孫娘が、

「渡月橋のお土産だよ」

とお菓子を買ってきてくれたばかりなので、テレビの映像がことさら痛ましく見えた。

その台風が、こんどは関東地方を縦断しそうだとの予報が出された。もう気が気ではない。昭和二十二年のカスリン台風による水害の記憶がよみがえる。

カスリン台風はひどかった。幸い板倉町では死者は出なかったようだが、北川辺（加須市）の親戚に水見舞に揚げ舟をおろして出向いたが、一面湖になってしまった集落の中を舟でこいで行くと何体もの死体が水に浮いていていた。

その当時は何も情報のないまま、じっと台風が過ぎ去るのを待っていた。近頃では一週間も前から台風の予想進路が発表される。農家では少しでも被害を減らすようにと作業の手順を考え、対策に追われる。

「台風十八号が時速五十五キロの速さで熊谷市付近を北東に向かって進んでいる模様……」

とあわただしく伝えている。今度は避けられないか、と腹をくくってみても、

「神様、何とかしてください」

と手を合わせてしまう心境だ。

今か今かと手に汗を握りしめながら風雨の強くなるのを待ちかまえていたが、しびれを切らして雨戸の隙間から戸外をのぞいてみると、風も弱まり南西の空が少し明るくなっている。北東の風はいつの間にか西寄りの風に変わっていた。

それから一週間後、台風二十六号が十年に一度の強力な勢力と大きさを保ったまま、十八号とほぼ同じコースで進行している、とテレビニュースが伝えている。避難時に持ち出す袋に大事な物や必要な物を詰め込み、いつでも対応できる準備を整えた。

しかしこの台風は、本土に近づくこともなく太平洋上を北上した。「イソップ物語」のなかに「狼少年」の話がある。ここのところの台風情報を聞いていると、狼少年の話に似ている気がしてしまう。

情報過多と言われるが、その中でどの情報が自分にとって役立つのか迷うことがある。作家の五木寛之は『生きる事はおもしろい』(東京書籍)という本の中で、こんなふうに書いている。

「情報というものはそもそも客観的、公正なものではない。感情・意図・願望から成り立つものだと思えば、現在の混乱ぶりに腹を立てることもないのである……」

そうかもしれない。例えば台風情報を出す立場の人達が、もしも情報が遅れて被害が大きくなると責任問題になりかねないと考えたとしたらどうだろう。そんなことはあり得ないと思うが、今年の台風情報には振り回された。しかしその情報の責任を関係者にだけ負わせるのはいかがなものかと思う。そうした体質があるかぎり、「狼少年」的な情報を出さざるを得ないのではあるまいか。

最終的には自分自身の問題として情報を処理し、その質を判断する。前述した「運・鈍・根」の力を信じ、神経質になり過ぎず、時には神だのみもありで、アバウトさも肝要かと思う。

第2章

農を生きる

土塊《こごり》は肥やしになる

私が小学生の頃、農繁休みというのがあった。蚕休み、麦刈り休み、あるいは田植休みと言って、猫の手も借りたい時期だけに、大人達は手ぐすね引いて待っていた。しかし、遊びざかりの子供達にとっては、大人達と一緒に一日中農作業についていなければならないわけで、まさに受難の休日、と言った感さえした。

中でも、私の一番嫌いなのは、田植休みであった。

素足で、ヌルッとした水田に入るのが、まず気味が悪かったし、それに細い足を水の中に入れると、蛭《ひる》がどこからともなくヒラヒラと泳いで来て、遠慮なく吸いつき離れない。あわてて田の畦に飛び上がろうとすると、「じっとしているからだ！」と父の小言が飛んで来る。

時には、馬の鼻どりもさせられた。細いおんな竹（しの竹）の先に三十センチほどの紐をつけ、それを馬のくつわに結びつける。竹の長さは二メートルもあろうか。その先端を持って、大塊に起こした水田に、膝小僧ほども水が引き入れてある中を、馬と一緒に歩かなければならない。

小学校の三～四年で、しかも小柄だった私は、背中の辺りから頭のテッペンまで、馬の前足がはね上げた泥水をかぶってしまう。泥水から少しでも逃れようと思って大きな塊の上に乗ると、ゾロゾロと崩れた土に足を取られ、かえって足が抜けなくなってしまう。

馬が立ち止ると、後で「まんぐわ（馬鍬）」を押している父は、柳の小枝のムチでピシリッ！と馬の尻をたたく。

馬は驚いて、がむしゃらに歩き始めるが、馬の首にもたれて歩いている私には、自分がムチで打たれたような気がしてつらかった。

そして、田圃全体を縦横に、四、五回も回ると、父は、

「よかんべや、土塊《こごり》は肥やしになるからな……」

と、どの田圃に行っても同じことを言っては、馬を道に上がらせる。

子供の私には、父の言った「土塊は肥やしになる」という言葉が、どんな意味なのか分からなかった。聞いてみたくて言葉が口に出かかったが、下手にそんなことを聞いて、もう一度やり直しでもさせられたら大変なことなので、父からその意味を聞く機会はなかった。

私が「土塊は肥やしになる」という意味を本当に理解したのは、それから何年後になるだろうか……。

父から「土塊は肥やしになる」と教えられたが、そんなことはすっかり忘れたまま、太平洋戦争が激化した。

父も戦争に行ってしまって、農業どころではなかった。

父の留守中、我が家の農業は、母と祖母の手にゆだねられていた。細々と続けているというだけの農業で、収穫云々など問題外であったが、それだけに大変だったようだ。

肥料は全部配給である。村落の役員さんの所に来たものを、面積に応じて配分するが、もちろん充分な量はない。作物はいつも肥切れ状態で、母達が、

「もっと肥やしが配給にならないのかね……」

と嘆いていたのを、子供心に覚えている。

秋の収穫の頃になると、村役場から米の供出の割当て数量が提示される。大変に厳しいもので、自分の家で食べる米が足りなくなるまで供出しても、まだ足りない。

「女手だけで獲れなかったのだから……」

と申し開きをしても、容謝なく強権発動された。いろいろな代用食で食い継ながなければならなかった。

あれから半世紀近い歳月が流れた。隔世の感がある。米が余るなんて、想像もしなかった。

農業技術の進歩や、肥料、農薬の開発等によって、単位面積当たりの収量が増加したと言われる。一方では消費者の米離れもある。しかし、大きな原因の一つは、作付け面積が多くなったのではないだろうか。

耕して天に至るような段々畑にも水稲が作られ、山や野原も、建設用の大型ブルドーザーで、またたく間に水田に作り変えられた。全ての農政に最優先して米作りが進められ、穀類の総合的な自給率は急激に下がる中で、米だけが増産された。

しかし、よく考えてみると、戦中戦後の肥料も農薬も農機具も無かった頃に比べて、現在の米の反収は本当にそんなに増えているだろうか。

昨年（昭和五十七年）の稲は完全にイモチ病にやられた。こんなに農業技術も進歩し、農薬も開発され、しかも思う存分量もあるはずなのに、あんなにひどい稲を私は生まれて初めて見た。今年だって、ヒメトビウンカの被害で、何も無かった時代の稲より収量の低そうな田圃もあちこちに見受けられる。こうした現象を、ただ天候が悪かったからとか、虫の発生が多かったからと諦めてしまっていいのだろうか。

整然と区画整理された圃場には、道路と水路が相互についている。近頃では、一枚一枚の圃場にパイプライン施設が完備していて、代かき前にバルブを開けておくと、自分の田圃だけに良い塩梅に水が入っている。頃あいを見てトラクターを持って行き、ドライブ気分で小一時間もロータリーをかけて乗り回すと、田植用の代は出来上がってしまう。
昔、牛馬を使い半日もかかって作った代よりも、外見上遥かに平らで、きれいに仕上がってい
る。しかし、今すぐ苗を持って行って田植えをするわけにはいかない。稲の根を固定する土がな
い。いわば代かきされた田圃は耕土ではなく、泥水の溜まったグランドと同じようなものである。
水保ちを良くし、草取りの労力が少なくなるように丁寧に代かきをする。そのことは、稲の収
量を上げることとは、おおかた別の目的のために行われている場合が多い。
そして、大型農機具で作業しやすいように、耕土を浅くする。自分で田圃に入らなくても済む
のだから、その浅くなったのさえ気が付かない。
田植えが終わり、梅雨が明ける頃になると、どこの田圃の稲も葉が同じように茶色がかってく
すんで来る。あわてて農協や農業普及所の先生の所に行くと、加里肥料をやったり、水を落とす
ように教えられる。
本格的な夏が来ると、ようやく稲も本来の葉色に戻るが、稲にとっては青息吐息の時期なのだ。
だから農薬も肥料も効きが悪いのは当然のことなのである。
何も無かった時代には、こんな稲は無かったような気がする。色は淡くも、もっと健康に育っ
ていた。泥水につかり、馬の尻をたたいて代を作り、最後に「土塊は肥やしになるからな……」
と言っていた父の言葉が、今さらのように思い出される。

農業と私

先日、ある農業青年クラブの研究集会で講話を依頼されました。この一文は、そのときの原稿の骨子です。

＊

このようにお顔を合わせますと、顔見知りの方々が大勢いまして、お里が知れていると言うか、何を言っても、もうネタが割れている感じです。一方的に私の方からお話しするより、膝を交えて雑談でもした方が良さそうですが、それでは主催者の立場が無くなってしまうのではと思われます。しばらくのあいだ、私の考えていることなどをお話し申し上げ、あとは若い皆さんの考えている新しい物の見方などを聞かせていただくというかたちでお願いしたいと思います。

皆さんから見ると、私は皆さんのお父さんと同じ年代ですので、考え方も同様だと思います。

したがいまして、押しつけがましいことになるかもしれませんが、親孝行のつもりでお付き合いをお願いします。

さてまず、私の方から皆さんに質問があります。

皆さんは、立派な農業後継者として農業に従事されているわけですが、今、「農業に従事していて良かったな……」とお考えの方は、ちょっと手を挙げてみてくれませんか。

ありがとうございました。

その他の方は、「どうも進路を間違えたかな……」と考えておられるわけですね。

私はどちらの方も、それなりに考えてのことだろうと思います。真剣に考えれば考えるほど、

「よしやるぞ……頑張るぞ……」

という人と、

「困ったな、どうしよう……」

という人の二つに分かれると思います。どちらでも良いのです。ただ「進路を間違えたかな」「困ったな」と思っている人は、どうしたら困らなくなるのかを考えることです。

こう申し上げている私も、実は「進路を間違ったかな」と考えていた一人です。

私が今さら「百姓は嫌いです」と言ったところで、誰も本気で聞いてくれないだろうし、「今

さら何を言ってるんですか」と笑われるのが落ちですが、私は真剣にそう考えていたのです。しかし考えようによっては、むしろその方が良いのかもしれませんね。

私は先日、早く植えた稲のヒエ抜きをしました。そこで、ちょっとした発見をしました。近くに顔を寄せて、稲とヒエを見分けようとすると、なかなか区別しにくいものです。だけど、立ち上がって先の方を眺めますと、実によく区別できるものです。皆さんもぜひ試してみてください。

私は農業についても同じことが言えるのではないかと思います。のめり込んで、と言うか、農業に凝り固まって考えるよりも、違った角度から眺めて見ると、それまで気付かなかった長所も短所も見えて来て、心のゆとりもできて結構楽しいものです。

こんな話が出ましたので、どうして私が農業をやることになったか、経歴を少し話します。

私は普通高校に通っていましたので、家の農業を継ぐ気は全然なくて、医者にでもなろうかな、などと考えていました。ところが父親が太平洋戦争のとき、広島で原爆にあい、そのために農作業が思うようにできなくなってしまいました。一家を支える大黒柱が倒れてしまい、長男の私はやむなく農業を継がされたわけです。

農業を継ぐことになっても、なかなか納得できず、それから二年間くらいは足が地につきません。合間を見ては図書館に行って、好きな本ばかりを読んでいました。

ときどき町に出て会う友人達は、あこがれの大学生であったり、背広の似合う銀行マンだったりで、みんな恰好いいのです。

自分だけが何となく見すぼらしく思えて、友達に会うのさえ肩身の狭い心境でした。

私が悩みに悩んでいるときでした。ある雑誌で「一粒万倍」という記事を読みました。内容はよく覚えていませんが、何かに感動したのでした。一粒万倍とは、一粒の種が万倍となって実るという意味で、わずかなものが非常に大きく成長することのたとえです。稲の別名でもあります。

「俺にだって、できるんだ！」

この言葉が、脳裏をかすめたのでした。

「俺は、職業として農業を選んだからには、胸を張って、俺は百姓だと言える百姓になってみせるぞ！」とそのとき決意したのです。

それからは、農業に関する本を読むようになりました。しかし図書館には私が今すぐ読みたい本は、あまりありません。そこで、農家の先輩の所に行って本を貸してもらったり、話を聞かせてもらいながら、少しずつ知識を広げていきました。

当時、私の家では蚕を飼っていました。桑園作りは養蚕の基本です。能率の良い養蚕をするには、良い桑を作らなければなりません。さっそく、老朽桑園を抜いて、若い苗木を植えました。普通なら六年くらい経たないと一人前の桑園にならないのですが、私は三年間で一人前に仕立てました。

ちょうどそのとき、群馬県と蚕桑青年研究会の共催で体験発表会があり、私も地域のグループから推されて出場しました。邑楽館林地区の予選を通り、県大会に出場したところ、図らずも優勝してしまいました。知事賞には立派なトロフィーも付いていましたが、その後の副賞が大変で、肥料○○袋、地下タビ○○足、置時計等々で、電車で前橋まで行っていたので持ち帰ることもできず、後日送っていただいたほどでした。

しかし、「やった！」と思ったのもつかの間、政府は繭の減産政策を打ち出しました。今の米の減反政策と同じで、桑園を一反歩抜くと、たしか二千円だったと思いますが、奨励金が出ました。

一方、土地改良区域内に入った桑園が、こま切れにされてしまった関係もあり、やむなく蚕をやめて、その畑を全部陸田にしました。昭和三十五年頃ですから、皆さんが生まれたばかりの頃だったでしょう。

日本の国はまだ食糧不足の時代でした。全国各地で、米の増産運動が展開されようとしていた時代で、私の場合、米作りは何も知りません。また一からやり直しです。

ずいぶん、いろいろな人に教えていただきました。

当時、全国的に有名な米作りの人というと、富山県の上楽さん、長野県の北原さん、山形県の片倉さんや寒河江さん等ですが、ほとんどの人達の稲を見せていただきました。

特に私が影響を受けたのは、寒河江さんの技術でした。一年の内に何度か汽車を乗りついで、山形県川西町という地域内にある寒河江さんの田圃の稲を見に行ったものです。もちろん日帰りは無理なので夜行列車です。そこで教えられたことは、作物を見る「目」を養うことが、どんなに大切かということでした。どこが良くて、どこが悪いのかも知らなくては、手の打ちようがないわけです。

私が全国農業コンクールで「米作りを主体とした複合経営」というテーマで農林大臣賞と名誉賞をいただいたのは、昭和四十一年のことでした。私の田圃の作物を、私の思うように作ろうと努力した結果に与えられた賞であったわけで、実績に対して贈られたのではなかったと思います。

しかし、実際大変なのは、その後でした。なぜかと言うと、日本一になったのだから、あいつは何でも知ってるはずだという世間の人の見る目です。人並みの作物を作っていたのでは、「あれでもか……」とあざけられる。気にすることはないよ、と慰めてくれる人もありましたが、私には我慢できませんでした。

そこで、「どんな年でも、どこの田圃からも、安定した高い収量を」というのが、私が私自身私が私自身に課した命題でした。

「失敗を恐れてはならない。しかし二度と同じ失敗を繰り返してはならない」というのが私の信念でしたが、今でもこの信念は変わっていません。そしてこの張りつめた気持ちが、今なお、私の農業を支える基になっているような気がします。

農業を取りまく情勢は、内外共に非常に厳しいと思います。しかし考えてみますと、いつの時代にも、何かはあるのです。問題はどう対応するかだと思います。

今では、欲しいと思えば、何でも手に入ります。しかしかえって豊富にあり過ぎて、工夫したり、努力することを忘れてしまうと、過剰投資になってしまう。

素晴らしい施設の中に、素晴らしい作物や家畜が育っていないケースを私はときどき見かけます。「○○パイロット事業」等と看板のある立派な畜舎の中に不似合な牛が飼われており、長屋を改造したような薄暗い畜舎の中に、目を見張るような立派な牛が飼われている例を何度も見ました。

何もかも、画一的にしてしまう官僚的な発想には問題がありますが、自分の経営を考え、条件に合った形の事業を導入していかないと、最後に残るのは借金だけ、ということになりかねないと思います。

私の所に、毎年大学生や、実際農業に従事している青年達が体験学習に来ます。同じ実習生でもいろいろな青年がいますが、特に北海道からはるばる出かけて来る青年達は、どこか少し違います。切羽詰まっているという雰囲気を持っており、こちらが圧倒されそうな感じです。厳しい自然環境の中で、なおも農業を続けていかなければならない、という宿命的なものがあるわけで、物見遊山に来たのではない、何でも吸収していこう……という気概を感じます。

私は逃げ口上で言っているのではありませんが、

「私には何も教えるものはないけれど、もし役立つことがあったら、勝手に持っていって欲しい。教えられたことはそれだけだけれど、自ら学ぼうと思えば、学ぶことはいくらでもあるもんだよ」と言っています。

この夏は米不足が報道されたせいか、稲作に関心のある人達がときどき稲を見に来ます。そんなとき私は、いつ田植をして、どんな肥料を何キロ施します、なんてことは言いません。すると聞いている人達は、ほとんど不満そうな顔をしています。せっかく勉強に来たのだから、メモの一つも取らないと気が済まないのでしょう。

話を聞くだけで、あるいは同じように肥料を施してやれば、米が穫れるのなら、これくらい簡単なことはないのです。

「大切なことは、今この作物は何が一番必要なのかを見きわめることですよ」

そう言いますと、どうやら半分ぐらい納得したという感じで、皆さん帰っていかれます。

ずいぶん、いろいろ勝手なことを言ってきましたが、何と言っても農業の良い所は、必要なときに手をかけてやれば、あとは放っておいても作物は立派に成長していくことだと私は思います。そして、ちょっと目先を変えて農業を眺めるだけで、あるいは作物を見てやると、何か新しい発見があるような気がします。

私はこれからも、近視眼的な目で農業を見ないで、もっと広い、そして高い次元から眺めながら、楽しくて、もうかる農業を営んでいきたいと考えています。

どうも長時間、お付き合いくださいましてありがとうございました。

「ゆとり」ある人生と仲間達

今年（昭和六十年）の一月に、「邑楽館林地区農業青年組織リーダー研修会」が開かれました。この文章は、そのときに私が、標題の「『ゆとり』ある人生と仲間達」について問題提起したものを要約したものです。

*

「ゆとりある人生」――「ゆとり」って？

辞書を見ますと、「余裕のあること」という意味だそうですが、英語では一つの単語でぴったりの語が見当たりません。もし外国に、日本語の「ゆとり」に当てはまる適切な言葉が見当たらないとすると、「ゆとり」が問題になるのは、日本だけなのだろうか……。

馬車馬のように前だけを見て走り続けてきた日本が、世界の中の経済大国になって、ふと立ち止まってみたら、なんでこんなに走ってきてしまったのか、自分でも驚いているような感じがしないでもありません。

しかし、理屈はどうでも、「ゆとりある人生」なんて、いかにもバラ色というか、夢がありますね。

そこで、「ゆとりある人生」とはどういうものなのか、言葉の遊びとしてでなく、現実のものとして少し考えてみたいと思います。

まず頭に浮かぶのは、経済的なゆとりです。一生懸命に働くのは、このためでしょう。

それから、時間的なゆとりがあります。

昔のことわざに、「かせぐに追いつく貧乏なし」というのがあります。言い換えると、時間的なゆとりと経済的なゆとりは、相いれない二極の関係にあると考えられてきました。しかし現在では、だいぶ変わってきて、企業では週休二日制を実施しているところが多くなっています。労働時間を短縮しても、経済効率を落とさない。合理化によって、時間的な面と経済的な面でゆとりを同時に満足させることができたからだろうと思います。

しかし、ここで、また違った形の問題が起きてきました。

合理化によって経済効率を上げる。そのためにのみ神経を使い、努力を続けているうちに、人間性というか、心が失われてきた。そんなことで、世の中が少し変になってきて、いろいろな形の犯罪が増加してしまいました。一番気になるのは、意識の中で、生命の価値まで大きく目減りしてしまったことです。

青少年の非行が目立って多くなってきたことや、低年齢化したことも、経済が最優先され、親と子のコミュニケーションの機会が失われるなど、大切なものが犠牲にされてきた結果だろうと指摘されます。最近「ゆとりある教育」などという言葉も耳にするようになりました。

農家の場合も、農機具の導入によって、時間的にはゆとりができたと思います。しかし反面、経済的な負担が大きくなって、それを補うために、よけいに働かなくてはならない。

いつもお母さんのそばにいた子供が、朝から晩までキュウリの収穫やら出荷に追われているお母さんの姿を見て、「キュウリになれば、私もお母さんと一緒にいられるのに……」と「私はキュウリになりたい」という作文を書いたという話を聞いたことがあります。経済負担の悪循環や、経済最優先の考え方が、子供達をそんなみじめな心境に追いやってしまったものと思われます。

ところで、いったいどれくらいの人が自分のことをゆとりがあると思っているのでしょうか。ずいぶん暇そうに見える人でも、「毎日忙しくて……」と言います。大企業の社長さんだって、経済的にゆとりがあると考えていないかもしれません。

このことは、他人が勝手に判断できるものではないのでしょう。本人が自分で意識すること、自分でそう思わないことには、「ゆとりある人生」なんてないのではないかと思われます。

松下幸之助氏と池田大作氏の書簡集『人生問答』（聖教新聞社）の中の一節に、「清貧か富か」という項目があります。その中で池田氏は、「物質的な豊かさが、かえって精神的な貧困をまねいている」と言っています。確かに私達のまわりにも、そうした例は山積しています。

いろいろな欲望にはきりがない、と言われます。たしかに、どこかでけじめをつける必要があるでしょう。

私は、農業経営の基本的な考え方の中で、「腹八分目」ということを常に心がけています。あとの二分は、経営を更に充実させ、より密度の濃いものにするための考える時間、充電の時間に当てたいと考えています。

それぞれの器には、それ以上の水は入らないもので、「もうここまで……」と思い切ることも大切なのではないでしょうか。

物質的な豊かさと心の豊かさのバランスをとるためには、こうした決断をすることが、まず必要です。そこから調和のとれた、ゆとりのある生活が営めるものと思います。

昨年は、何年ぶりかでお米が大豊作でした。私の近所でも景気の良い話が飛び交いましたが、そうした中で、

「お宅では畝俵《せびょう》以上だんべえ……」
と言われました（「畝俵」とは、一畝当たり一俵の収穫。つまり一反で十俵）。
「そんなに穫れるはずはないです」
と言いましたが、実は私にしてみれば、この言葉は単なる相づちではないわけです。

私は毎年、春先になりますと、稲作設計（と呼べるほどのものではありませんが）を立てます。

いつ種を播いて、いつ田植をするか、ということから始まって、この品種はどこの田圃に適しているかを決めます。土壌の肥沃度、用排水の良否、あるいは労力の配分など、いろいろな要素が加味されるわけですが、最後に何俵穫るかを決めます。ただ、その目標の収量を、どんな形（構成要素）であげるのか、方法は幾通りもあります。その中で、一番無駄のない形で穫ることが最も安全な方法になるわけです。台風が来たから穫れなかった。低温だったから……と言っていたのでは、プロの農家とは言えないと思います。

ところが、こんな大きなことを言っている鼻を昨年（昭和五十九年）は完全にへシ折られました。

とにかく、昨年は異常気象でした。台風は一個も上陸しないし、普通の年なら、当然倒れなければいけない稲が（こんな言い方が、ぴったりです）、倒れもしないで、みんな良く実が入ってしまったのです。したがって、腹八分目でなく満腹でもよかった年でした。しかし負け惜しみでなく、私は一反で十何俵も穫れなくても、後悔はしてはいません。もしそれだけ穫れてしまったら、私の稲作設計は、でたらめだったことになります。

毎年、安定した収量を得るためには、投機的であってはいけない。話が横道にそれましたが「ゆとり」の底辺には緻密な計画と安定が伴なわなければいけないと思うのです。

一度しかない人生、いつも何かに追いまわされながら、せせこましく、貧乏たらしく生きても一生ですし、大きな希望に胸をはずませ、目を輝かせながら生きても一生です。しかし、胸を張って生きていくためには、やはり、それなりの努力が必要だと思います。

「棚からボタモチ」が落ちてくるのを待っていたのでは、いつになっても「ゆとり」は持てない。向こうからやってくるものではなく、努力して自分の方へ引きよせるもの、自分でつかむものだと思います。

クルマのコマーシャルではありませんが、「ゆとりあるパワー」が必要です。より豊かに、そして胸を張って生きていくには、自分自身、まずそれなりの力を身につけ、自信を持つことです。

先ほども申し上げましたが、私の農業は、常に控え目ながら、安定多収を目標にしています。

そのために、ありとあらゆる機会に、誰からでも、何でも学ぶ。そうした中から、オリジナルな農業を目指してきました。失敗の繰り返しではありますが、試行錯誤しながら一歩ずつでも前進することで、自分なりのスタイル（経営の特徴・作物の姿など）ができてくる。こうした積み重ねが、私の心の支えになっているような気がします。

ときどき、「農業の良い所は？」と質問されることがあります。私の答はいつも決まっています。

「良い所はたくさんありますが、まず、必要なときに充分に手をかけてやれば、あとは作物が自分で大きく成長してくれる。一本一本の作物は、私の会社の、実に忠実な社員です」

しかし、その忠実な社員のために、社長としての責任は重いわけで、社員である作物もいつも元気で調子の良いときばかりではありません。母親がむずかる幼児の病状を察して手当てをするように、ああでもない、こうでもないと考え、こうすれば良いだろうと思う手当てをして、健康の回復をはかってやらなければなりません。手のかかるものです。

企業が規模拡大をはかる場合も同じだと思いますが、農業経営を考える場合、適正規模という考え方を度外視することはできません。私はどんな形態の規模拡大をはかるときでも、その規模の中で最も効率的な、そして、より生産性を上げ得る方法をとることが大切だと考えています。そうした中から、時間と物と、そして心のバランスのとれた「ゆとりのある人生」が生み出されるのではないでしょうか。

いろいろと申し上げてきましたが、人間は一人で生きていくことはできないものです。大勢の人々とかかわり合い、お互に支え合いながら生きているものです。

人は誰でも個性があり、長所もあれば欠点もあります。その欠点を仲間の誰かに補ってもらい、自分の長所で誰かの欠点を補ってやる。そういう仲間のたくさんいる人は、大きな財産を持っているのと同じだと思います。

「三人寄れば文珠の知恵」と言いますが、一人では生み出せない大きな「ゆとり」を持つ喜びを、仲間達と一緒に力を合わせて生み出せたら、こんなすばらしい人生はないだろうと思います。

アメリカ紀行〈農業見てある記〉

〈一九八七年一月二十一日(水)晴〉

冬の日は短い。すでに暮色につつまれた十八時四十五分、サンフランシスコに向けて成田空港をあとにジャンボ機は離陸した。

群馬県農業経営士の一行十一名、乗務員一名の計十二人のツアーで、特にアメリカ西海岸地域の農業の現況を視察するために出発した。

日本時間午後八時頃、機内食が出る。ステーキ定食とでも言うのだろうか、かなりボリュームのある食事だ。騒音を気にしながらも、ウトウトとしていたのだろう、午前一時四十五分に目覚める。途中日付変更線を通過、太陽に向かってフライトをしているために、もう太陽がさんさんと輝いている。時差の計算ができない。窓のカーテンのすき間から光がさしこんでまぶしい。まだ早いのでアイマスクをして寝ようとするが、エンジン音がうるさい。成田を出発するときに、特に気流の悪い所が二か所あるとの機内コールがあったが、この辺りかな、と思われる。ジャンボ機がかなり揺れる。スチュワーデスもこんなに揺れるのはめずらしいと言っているが、もうここまでくると、いくら揺れても覚悟ができているというか、もう開き直って怖いとは思わない。

午前二時頃（アメリカ時間午前八時）機内食、朝食だという。時差はサンフランシスコで十七時間。インターナショナル空港には、アメリカ時間一月二十一日午前十時十九分（日本時間二十二日午前三時十九分）着。九時間近くも、しかも時速千キロの速さで飛んで一日逆戻りしてしまうわけだから、一日もうけたような気分。

入国手続きを済ませて空港を出ると、アメリカ各地のガイドと通訳をしてくれる石井国雄さんが待っていてくれて、十三人で大型バスに乗る。特別のツアーを組んでいるので、他に客はいない。フリーウェイ一〇一号線に出る。日本でいう高速道路だが、まだ工事中のような感じで、全て大まかというか、荒削りである。

シアトル方面に向かって車は走る。片側車線、中央分離帯もなければ側溝もない。道路はどこまで走っても真っすぐだ。フリーウェイの奇数番号は南北、偶数は東西に伸びる道路だそうだ。サンフランシスコは坂の多い町で、古い建物と近代建築が入り混じっている。

アメリカでの最初の食事、昼食はピア39という海辺のレストラン。スパイスの香りが独得で、鼻についてちょっと手が出ない。しかも寝不足とあって食欲がない。先が思いやられる。

レストランを出ると、大道芸人が路上でつな渡りをしている。周囲にはアメリカ人達が立ち止って眺め、そばにはシルクハットが置かれ、小銭が入れられている。

暖流が陸地近くを流れているせいか、オットセイが、あちこちの波間に愛嬌のある姿を見せる。通りの両側には木製のプランターが置かれ、真冬だというのに草花が咲いている。緯度は日本の岩手県と同じくらいだが、気温はずっと温かく、上着は要らない。

バスに乗ってサンフランシスコの街を通り抜けると、わずかな時間でゴールデン・ゲート・ブリッジ（金門橋）に着く。船でアメリカに渡る人々は、金門橋の下をくぐるとアメリカに来たと感じるそうだ。橋というより赤い建物という感じ。日本から若いカップルが新婚旅行のコースの中で立寄る名所になっているそうで、今日も数組の日本の新婚さんに会う。

サンフランシスコの中央部にある「二子山」と呼ばれる標高四百メートルほどの山の頂上に車で登ると、サンフランシスコが一望できる。その視野の中に黒く大きなビルが目につく。全米第二位のバンクオブアメリカの建物で、最近身売りをしてアメリカ中の話題になったという。アメリカの不況は思ったより深刻で、特に農業の不況は輪をかけている。農家に融資した銀行が土地を担保に取っても土地は値下がりし、買手は付かず、大手銀行でさえ赤字の穴うめに目抜き通りのビルを手放さざるを得なかったそうだ。

〈一月二十二日（木）曇〉

カリフォルニアでは十二月～三月が雨期だそうだ。今朝は空一面灰色、降水確率三十％とテレビの予報。でも降らないだろうとのこと。国道十七号を南下、二階建の橋ベイブリッジを渡る。金門橋と並ぶ有名な橋で、一九三六年完成と書かれてある。鉄のかたまり、としか言いようのない橋で、クレーンも何もない時代によくもこんなものができたと感心すると同時にあきれる。こんなことを日本人が知っていたら、太平洋戦争は起こらなかったかもしれない。

右手の奥には、アラメダの海軍基地が見える。原子力空母エンタープライズの母港として有名。国道ぞいのシリコンバレー（コンピューターメーカーの工場地帯）を抜けるとフィモンドのGM、トヨタ合弁自動車工場が見える。カローラを生産しているが、建物も施設も古い。しかしデトロイトの新鋭工場よりはるかに優れた製品を効率良く生産しているとのこと。その結果、全米でテクノロジーよりもマネージメントの重要性が話題になっているという。

国道十七号を二時間も走ったろうか、左右に見渡すかぎりの農場が広がってくる。バスは野菜産地のサリーナスに向かって走り続けている。

サリーナスは、広いアメリカの中でも特に恵まれた地帯で、夏でも太平洋から吹き込むすずしい風によって、いろいろな野菜が順調に生育している。ただ米国農業は専業化されて、規模も大きいため、生産過剰になると、たちまち農家は倒産してしまう。特に最近では、日本の種苗会社（タキイ）の開発したハイブリッドの野菜種子が少々環境の悪い地域でも充分に成育するために、他の産地の野菜がサリーナスの農家をおびやかしている。

西海岸の一般の農地価格は一エーカー（四反歩）当たり八百ドル、十二万円くらいだが、ここサリーナスでは一万〜二万ドルだという。しかしほとんど売買はなく、借地によって農場を拡大しているようだ。年間借地料は七百ドル（エーカー当たり）くらいだという。

十二時少し前にサリーナスに着く。道路の両側では、スプリンクラーによってキャベツに灌水している。ここは米国内では農家の規模も小さく、集約化された農業地帯とされているようだが、見渡すかぎりの野菜畑で、肥沃な大地は黒々としている。バスを降りて土を手に取って見たが、微砂の混じった粘り気のある沖積土壌だ。それにしてもこの広大な畑に作られた畦が真っすぐで、しかも雑草が無いのに驚いた。米国では優秀な農家とそうでない農家の区別は畦が真っすぐかどうか、畑に雑草が生えているかどうかで評価され、銀行の融資の基準になるとか。

昼食後、アメリカ農務省の野菜試験場を訪ねる。平屋のプレハブといった感じの事務所とは対照的な、立派なガラス温室が立ち並ぶ。

説明はロビンソン博士。最近の話題としては、レタスのモザイク病について、当試験場から出された抵抗性品種「バンガード75」が世界中から注目されているという。その種子はここから供給されているとのことだ。全米で六万五千エーカーのレタスが栽培されているが、その八十%近くはここサリーナスで生産されている。次いでマックレイン博士が、メロンのバイラス抵抗性について話された。すでにウリ科で抵抗性を持つ野生種を南米で発見し、農薬に頼らない品種の作出に努力を傾けているようだ。

午後三時頃試験場をあとにして、上田崇雄さん宅を訪問する。周囲にはグリーンハウス（温室）が点在している。ほとんどが日系人のものだそうだ。ところどころ、日本建築の家屋が目につく。わざわざ日本から瓦を輸入して入母屋づくりの日本家を作っている。祖国日本の郷愁の念は断ち切れないようだ。

上田氏は山口県出身、高校教師から山口県議に当選。期する所があって十八年前にアメリカに渡たり、約十エーカー（四町歩）のハウスで菊を栽培している。歓迎の挨拶の冒頭「日本人は何をやっとる、しっかりせい」と一喝され、どぎもを抜かれた。彼の持論は農産物の輸入自由化をしなさい。何も怖がることはない。日本の温州ミカンは立派にアメリカのオレンジに立ち打ちできる、と豪語する。

夕食に上田氏を招待する。話の中で、館林の飯島連次郎氏（元参議院議員）の話題が出されるなど、遅くまで語り合う。彼の夢はブラジルに日本人学校を作ることだそうだ。

〈一月二十三日(金) 晴〉

ゆうべは熟睡できなかった。夜中に目が覚めてしまって、うとうとしていると、雨だれの落ちる音が聞こえる。恵みの雨が降ったとガイドの石井さんは喜んでいる。道路のところどころに水たまりができ、畑の土は生き返ったように黒々としている。しかしすでに太陽は雲間に顔を出し、今日も良い天気になりそう。

時差ボケという言葉を耳にするが、そんなこと気の持ちようでどうってことないと思っていたが、どうもそうではなさそうだ。体のリズムが狂うというのか、体の中にある時計が狂ってしまったという感じ。意識でどうにかなるものではなく、体の細胞が昼と夜の感覚を組み替えないと時差ボケは治らないことを体験する。

午前九時、サリーナスのホテルを出発、サンルイスダムの水利事業を見学するために車は東に向かって走る。

カリフォルニア州は全米最大の農産物を生産しているが、降雨量が極端に少なく、灌漑施設を完備することが農地としては最低の条件だといわれる。この州には各種の産業がある。ロケット、電機、自動車、シリコンバレーなど、世界のトップレベルの工業製品を産出しているが、農産物の売上げはそれらの売上げを上回って百四十億ドルを超えるそうだ。

くるみ畑の見える一五六号国道を時速百キロ近くで一時間三十分ほど走るとサンルイスダムに着く。ケネディ大統領のクワ入れで着工したとのことだ。ほぼ満水に近いダムは、河川の流入だけではなく、ポンプアップにより水位を保っている。しかもコンクリートでなく、土と砂を練り上げて堤防を作っている。地震対策だそうだ。こうして作られたダムの完成、そして運河を張りめぐらすことによって、カリフォルニア州の農業が誕生したとも言われている。

昼食はバスク料理（小羊の焼肉）である。手作りのワインがすばらしく旨い。飲み放題だ。長粒種の米はスプーンにも乗らない。久しぶりの米粒だが手が出ない。

昼食をとったレストランからほんの二十～三十分で国府田《こうだ》農場に着く。今回のアメリカ農業視察の中で、最も期待していた所である。今、日本中の農家はもちろん、消費者も含めて関心の高いカリフォルニア米の産地、その拠点と言われるのが、この国府田農場である。

国府田農場の耕地面積は二、八〇〇ヘクタール（ちなみに、板倉町の耕地面積は約二、四〇〇ヘクタール）うち八〇〇ヘクタールに綿、小麦、サトウダイコンを作付け、二、〇〇〇ヘクタールに水稲が作付けられている。

ここで生産される「国宝米」は、昨年五万俵（一俵四十四キロ）と、モチ米二十万俵と言われる。カリフォルニアの一、二〇〇あまりの米作農家の平均耕作面積が約一七〇ヘクタールだから大規模経営の多いアメリカの中でもその規模の大きさは格別である。

国宝米は、主に日系人や米国に住む日本人、日本料理店向けに販売されているが、九月の収穫後二か月で全部売り切れて在庫は無いとのこと。モチ米は国内での消費の他、ベトナムやカンボジアなど、東洋人向けである。

現在、この農場の社長はエドワード国府田さんというが、従兄弟に当たる鯨岡さんが総支配人である。鯨岡さんは福島県の生まれで、福島県庁に就職し、農業後継者育成の仕事をしていたが、昭和二十九年に米国での農業実習に二年の予定で渡米し、国府田農場に出向いた。ここで「キャローズ米」の品種改良に興味を覚え、ついにその虜になって定住することになる。そして州立農業試験場からキャルローズ米の権威者ヒューウイリアム博士を農場に迎え、七年がかりで国宝米を完成させたという。

地平線まで広がる農地は、レーザー光線を利用したブルドーザーで整地、等高線状にクロを作る。一区画が十〜四十ヘクタールと、一区画だけでも大変な面積だ。この農地を四十五人の労働者で、耕作から精米、販売まで行っているとのことで、いかに合理化されているかが分かる。農機具類も、倒産した農家のものを安く買い入れ、修理をしながら二十年、三十年と使用している。

私は特に気になっていたので、鯨岡さんに、

「日本は米の自由化をオーケーすべきですか」

と質問する。すると、

「今アメリカには、日本人が好んで食べられるような米はありませんが、オーケーすべきでない。ただ食管制度に守られた稲作では、国際的な競争はできない」

との解答。新聞などのニュースとは、大部話が違う。


〈一月二十四日（土）晴〉


昨夜の夕食は中華料理で、久しぶりに「食べた」という感じ。

八時にチェックアウトしてカーマン町に向かう。道路の両側はブドウ園、夏の太陽は、収穫しながら落したブドウ粒を、一週間もしないうちに干ブドウにしてしまうほど強烈だという。三十分ほど信号のない一直線の道路を走ると、ホームスティをお世話してくださるジャン・ウィルトさんの家に着く。

ここカーマン町は、静岡県函南町と姉妹都市になっている。そしてジャンさんは『ようこそアメリカへ』の著者で、サイマル出版から日本語版が出され、ベストセラーになっている。ご本人も何度か訪日されていて、一九〇〇人あまりの日本人受け入れの世話をしておられるという。

朝食は全員（受け入れ方も含めて）集まって一緒にすませ、私達が出発前、日本で出したアンケートによってそれぞれの受け入れ家庭が決められている。お互いに自己紹介をし合いながら、その家庭に連れて行かれる。日本語の通じる日系人もいれば、全然通じないアメリカ人もいる。

お互いに不安な、心細い思いで出発する。

私達を迎えてくださるのは、マーサーさんとポールさんである。マーサーは六十七歳のおばあちゃん、ポールは七十歳のおじいちゃんだ。二人のお世話で、吾妻町の農協長の水野さんと一緒にホームスティするわけだが、お互いに言葉に自信がない。見知らぬ土地で、しかも言葉も通じない人達と、たとえ二日間とはいえ一緒に暮らす心細さは何とも言葉に表せないものがある。

そして、マーサー達も、この遠来の客に何を見せたら良いのか、どう対応すべきか、非常に気を遣っている様子が手に取るように分かる。あちこち案内してくれているうちに、「日本の庭があるから見に行こう」と辞書を引きながら話しかけてきたので、「オーケー」と言う。車で五分も走ったろうか、芝生の中に石が置いてあるくらいの簡単な日本庭園である。

日本人らしい奥さんとマーサーが何やら話していると、突然家の中から、昨日訪問した国府田農場の総支配人、鯨岡さんが出てきて驚いた。この家は鯨岡さんの住いだった。昨日のお礼を申し上げ、周囲の様子などどうかがうなどしているうちに、しょげ切っていた私達二人の気分も、ここに日本人が居ると思っただけで少し元気が出てきたような感じだ。

五時頃帰宅、さっそく手作りのワインでのどをうるおす。あまりにおいしいので、水野さんと二人でお代りをねだる。彼女は喜んで応じてくれる。私達も手伝って夕食の準備。みんな手作りで、クリームを作り、ポテトの皮をむいてゆで、特殊な香りのするスパイスをかけて食べる。途中からマーサーの友人の、ポーラとウィンディという女性が合流し、にぎやかなディナーになる。お互いに辞書を引きながらの会話だが、生活するのに必要なことくらいは通じ合っている。

夜は冷えるので、暖炉にまきをくべて、寝袋の中にもぐり込む。明日は日曜日なので朝九時半まで寝ているようにとマーサーからの指示。仕方ないな、と二人でつぶやきながら眠りにつく。

〈一月二十五日（日）晴〉

朝目覚めると八時を過ぎている。夜明けの遅いカリフォルニアでも、カーテン越しに太陽の光が部屋の中にさしこんでくる。

十時四十分。マーサーの運転で日曜のミサに教会に出かける。ポーラも今朝は三つ揃えのスーツを身につけ、先に着いていた。私達はラフな身なりで来てしまって、ちょっと気が引ける。

ロビーに入ると、マーサーは牧師さんや友人達に私達のことを「日本から来た友人です」と紹介してくれた。五、六十人の人々が着席すると、まず牧師さんが私達のことをみんなに紹介してくれた。私達はおもむろに立ち上って「グッドモーニング、ハウドゥユードゥ……」とわけの分からぬ挨拶をする。みんなから大きな拍手が起こる。ちょっと良い気分。ミサは一時間ほどで終わり、帰りがけに牧師さんが私達にバイブルをくださる。

昼食には牧師さんご夫妻を招待する。教会では近寄りがたい感じの方だったが、意外と気さくで、地域のリーダーといった感じ。体を言葉に代えて表現する説得力はすばらしいと思うし、相手が納得するまでは繰り返し意思表示をすることは、日本人の「物言わぬは美徳」の考え方とは根本的に違う。しかし、国際化社会の中では、やはり日本人もこの人のように、きちんと自分の考えを言葉にして話さなければ通用しないのかなと感じる。

牧師さんとの話題は、日本人の一般的サラリーマンの年間所得の話、生活ぶりなどが中心で、まだまだ日本への理解がされていないないなと思わざるを得なかった。ただ、自動車の話では、現在ブルーバードに乗っているが、十年乗っていても故障しない。非常に経済的で、買い替えるときもまた日本の車にしたい、と技術の素晴らしさを賞賛している。牧師さんご夫婦からは「楽しい旅であるように、アーメン」と最後の握手を求められてお別れする。

午後からはマーサーの友人の農場の見学。めずらしいのはゴーツ（山羊）の牧場である。五百頭ぐらいの山羊の搾乳をしている。西部開拓当時のような丸太小屋で、顔中ヒゲの父親と、金髪で青い目の人形のように可愛い娘（十二歳）、それに太っていて非常ににぎやかな奥さんの家族が、娘さんに手伝わせて山羊の世話をしている光景は何ともほほえましい。大規模農業だけではない、こんな農家もアメリカにはまだある。アメリカのもう一つの顔を見たような気がする。

ホームスティ最後の夜は暖炉でバーベキューをした。暖炉の火の上に鳥肉を乗せて焼くのは水野さんと私の当番。肉がいいあんばいに焼き上がった頃、ポーラが二人の息子達を連れて来た。

ブランドン（十歳）とロバート（九歳）だ。典型的な白人の子供といった顔つきをしている。父親は軍人だが、ポーラは離婚しているとのこと。でも、二人とも元気で明るい子供達だ。

楽しい食事のあとポーラは息子を相手にチェスを始める。子供を相手に母親は手加減をしない。日本の母親とはずいぶん違うようだ。

マーサーがピアノを弾く。何か歌いなさいというので、「オールドブラックジョー」を英語で歌う。たった一つだけ高校の頃覚えた歌が、こんな所で役立つとは思わなかった。何度も何度もマーサーは同じ曲を弾き、歌わせる。よほど気に入ったようだ。

最後に日本の歌をと言うので、水野さんが「北国の春」を歌ったが意味が分からない。そこで私が単語を並べただけの英訳をしてみんなで合唱した。

九時にはポーラ達が帰り静かになると、マーサーはタイプを打ち始めた。そのうちに私と水野さんに一枚ずつ紙切れをくれた。メッセージだ。

「私の人生でこんな楽しい二日間はなかった。またアメリカに来たときには、ぜひ私の家に来てください。すばらしい友人を紹介してくれた神様に感謝します。マーサー」（後日、日本語に訳してもらった）

私達にとってもこの二日間はきっと終生忘れられない日になるだろう。言葉の問題はあったが、今になってみると、あまり障害にならなかったような気がする。マーサー達の心づかいが感じられて嬉しかったし、そんなに経済的に豊かでないこの人達が、心の底から歓迎してくれたことに感謝の気持ちで一杯だ。あんなに気の重かった二日前が信じられない。許されるならもっと滞在したい気がした。

〈二月二十六日（月）晴〉

六時半に起床。朝食はパンとコーヒー。朝モヤが立ちこめてすっかり春らしい感じ。

八時に家を出て、ジャンさんの家に向かう。マーサーは車を運転しながらも昨夜の話を持ち出し、オールドブラックジョーを口ずさんでいる。少女がはしゃいでいるような感じだ。

ジャンさんの家に着くと、ほとんどの人達がもう着いている。お世話になった人達とそれぞれ挨拶を交わしているが、私達も改めて挨拶をする。マーサーの目には涙が光っている。後ろ髪を引かれる思いでバスに乗る。日本を出て六日目、ちょうど全日程の半分が過ぎたことになる。

〈マーサーの涙〉

マーサーについて、もう少し書き記しておこう。

マーサーの目は青い。あまり大きくはないが切れ長でやさしい目だ。白髪だか金髪だかはっきりしない。目鼻立ちがくっきりしていて肌の色は白人特有の透き通るような白さだ。顔には六十七歳の歳相応の年輪が刻まれているが、細身で美人タイプだ。背の高さは一七〇センチ近いだろう。そして赤いブラウスがよく似合う。ちょっと首をかしげて話しかけてくる仕草は少女のようで、ジッと顔を見て話す。言葉が分からないせいか、私達の顔の表情から何かを読みとろうとしているのかもしれない。

マーサーの態度が、最後の夜に少し変わってきた。どことなくではあるがちょっと違う。陽気に振る舞ってはいるが、淋しさが隠し切れないというのだろうか。恋人と永遠の別れを惜しむかのような心境なのかもしれない。

翌朝、別れの時がきた。マーサーの青い目には涙が一杯たまっていた。私達は彼女の手を握りしめ、たどたどしい英語で「ありがとう、マーサー」と声をかけると、こらえ切れず、一雫の涙が頬にこぼれた。そして、マーサーの涙は止まらなかった。私も目頭が熱くなる思いだった。うしろ髪を引かれる思いで表に出た。早朝のせいだろうか、家の裏のノッポな木が一本、霧に包まれて霞んでいた。

彼女の話によると、夫に先立たれ、女手一つで苦労しながら二人の子供を育てたが、今ではそれぞれ家庭を持ち、ここからは遠く離れた町で暮らしているという。淋しい毎日を過ごしているのであろうか。そして、もしかすると、私達に子供達の面影を重ねていたのかもしれない。そういえば日曜日の朝、近くの教会に行ったときのことだ。牧師さんご夫妻をはじめ、会う人々に、さも自慢そうに私達を紹介してくれた。あとで考えてみると、少しオーバーではないかなと思えるほどだった。

吸いこまれそうな青い目からこぼれ落ちたマーサーの涙は美しかった。そしてぜひまた訪れたいと思っても、そうたやすく出かけて行くすべもなく、時折、あのときの淋しそうなマーサーの顔がフーッと思い出される。そして元気でいてほしいと心から祈らずにはいられない。

後半については、紙面の都合もあるので日程だけを記すことにする。

〈二月二十六日（月）〉

ロイシャープさん経営の養豚場見学。自家用飛行機の滑走路をもつジョージハリス農場直営のレストランで、特製ステーキの昼食。そのあとすぐに全米一のフィードロット（肥育牛）を見学。

〈二月二十七日（火）〉

ロサンゼルスの青果市場見学。午前中サンキストのオレンジ、グレープフルーツの選果場。そして医師、弁護士などがオーナーで経営する企業家のフイドロット見学。

夜、カリフォルニア大学教授レムラント博士夫妻をゲストに迎え、アメリカの普及事業についての研修。

〈一月二十八日（水）〉

レムラント博士の案内で、グリーンアスパラ、ブロッコリー、カリフラワー、レタス、人参など野菜の収穫作業の見学。午後国境を越え、バスを乗りついでメキシコ、ティファナ見学。

〈一月二十九日（木）〉

昨夜再びロスに戻る。五時半起床。空港に向かう。途中ハリウッドの記念館に立ち寄り、記念撮影。九日間ガイドをしてくれた石井国夫氏と別れる。九時二十四分フライトのアメリカン航空機でハワイに向かう。午後二時半、ハワイ着。今回の旅行唯一の観光、半日過ごす。

〈一月三十日（金）〉

五時半起床。九時、ホノルルより成田に向け帰国の途につく。途中、日付け変更線を通過。

〈一月三十一日（土）〉

午後十二時五十五分、成田着。

駆け足の十一日間でアメリカを見てきた。

地平線の向こうまで続く肥沃な農地。小高い丘の上から見渡すと、遠くにいる牛がゴマ粒を散らしたようにしか見えないフィードロット。大理石を張りめぐらし、不夜城のように明るい牛舎で、二十四時間体制で搾乳している近代的な酪農。本当にすばらしい。

反面、このアメリカ農業にも悩みはある。メキシコから密入国してきた低賃金の労働力に支えられているアメリカ農業でもある。労働力の八十%はメキシカンだといわれ、識者はアメリカ農業はやがてメキシカンに乗っ取られてしまうだろうと心配しているとか。

私達の見たアメリカは、ほんの一部にしか過ぎないが、いずれにしても、まともに喧嘩できる相手ではなさそうだ。

マーサーも、ポールも、ポーラやウィンディ、そして牧師さんだって、あんなに親切で優しい人達だった。経済摩擦が深刻になればなるほど、お互いの交流を深め、理解し合うことはそれぞれの国の人々にとって欠くことのできない、非常に大切なことのような気がする。

タイ国「谷口農場」を訪ねて

一九八九年十一月十五日、午前八時、一行二十四名は、現地でチャーターした大型バスに乗り込んだ。

昨日、午前五時に板倉町を出発し、飛行機を乗り継いで、昨夜午後十一時(日本時間で今朝午前一時)にホテルにチェックインしたのだから、午前八時の出発はちょっと厳しい。

今日訪問する予定の「谷口農場」は、私達の泊まったチェンマイ市から北に百キロほどのビルマ(ミャンマー)との国境に近いチェンライ市の更に北の高地で、熊本県出身の谷口さんという方の経営する農場である。

運転手もガイドも現地人だが、ガイドはラン君という三十歳ぐらいの男性で、日本語がかなり達者だ。タイ国技のキックボクサー風な精悍な顔立ち。動物的な野性味さえ感じられるが、ときどき間違える日本語が親しみを感じさせる。

バスは並木のある道路や街並みを通り、青々と広がる水田の中の幹線道路を抜け、また集落に入る、という具合に珍しい景色を左右に見せる。かなりのスピードで北上を続けているが、ほとんど信号はない。ところどころに青空市場が開かれているので、運転手に頼んで市場の前に車を停めてもらう。

市場は道路わきのちょっとした広場に、農家や漁師達が、自分で穫った（獲った）農産物や魚類を天ビン棒で担いできて商っている。そしてよく売れているようだ。

私達が近づくと、奇声を上げて視線が集中してくる。いろいろな果物や野菜なども山積みされていたが、特にタイ米に興味があったので、米の売場を探した。精米された米が桶のようなものや袋に入れてあり、ブリキで作った円筒形の器に小出しして売っている。一キロほどで、高いもので十バーツ（日本円で約六十円）。クズの混じった米はその半額ぐらい。市場の一角には日用品を扱う常店があり、農産物を売ったお金で買い物をして帰るのだそうだ。日本のスーパーのような雰囲気は全くなくて、まことにのどかな光景である。

バスが北上するにつれて、まわりの風景も変わっていく。青々と広がっていた水田も次第に狭ばまり、小高い丘のような感じの低い山間にある水田の稲は、もう刈り取り時期を迎えているようだ。二十～三十人も居るだろうか、鎌で稲刈りをしている様子がバスの中からも伺える。

途中、メナム河畔のレストランで昼食をとる。中華風にアレンジしたタイ料理ということだが、辛くて、油の匂いがきつくて食欲がない。フルーツだけを食べて空腹を満たす。

昼食後、三十分もバスは走ったろうか、スピードをゆるめた。曲がり角を間違えたらしい。しかし偶然にもバスの後ろを走っていたトラックが谷口さんの車だということで、案内してくれる。道路が次第に狭くなり、途中までしか入れないのでバスを降りて歩いて行くことになる。道路はレンガ色した土が強い太陽に照らされて黄粉のように乾燥している。道路沿いに点々と建てられている民家は、ほとんど高床式の草ぶき屋根で、床下には豚や鶏が飼われている。私達の足音に驚いてか、ときどき犬が吠え立てる。農場に着いたのは午後一時を大部過ぎていた。

事前に連絡も取れていたし、遠来の客ということで、私達は農場の中にある研修室に案内される。

谷口さんは合掌しながら「よく来てくれた」と丁重に迎えてくれる。団体でこの農場を訪れたのは私達が初めてだという。この研修室は最近建てられた木造二階建てで、一階部分が十坪強はあるだろうか。二階の部屋は女子寮に当てられているとのことだ。

農場の中の建物はこの他に、ここから五十メートルほど離れた南側に同じぐらいの大きさの古びた木造二階建ての男子寮があり、中間の西側に高床、草ぶき屋根の谷口さんの住まいがあるが、農場の中では最もみすぼらしい建物だ。その西側に百平方メートルぐらいの人工池があり、魚が飼われていて、池を囲むような形で畜舎がある。鶏・豚・牛等が飼育されている。庭や畜舎の続きはすぐ田圃になっているが、すでに稲は刈り取られている。

トムさんという二十五、六歳の女性が日本茶を入れてくれた。農場のスタッフだそうだが、以前に三年ほど埼玉県などに研修に来たことがあるとのことで、通訳を兼ねている。お茶受けのサトイモのゆでたものが、こんなに美味しいとは思わなかった。

谷口さんは「私が今ここで農業をしているのは、日本でできなかった農業への怨念のためです」と言う。

改めて谷口さんを紹介すると、名前は巳三郎さん（六十六歳）、熊本県生まれで、昭和十二年に神宮学館を受験、半年でやめて鹿児島高等農林に入学、昭和十八年、学徒動員で召集され、陸軍予備士官学校を経て、十九年ジャワに赴く。そこで終戦を迎え、鹿児島高等農林に復学。戦後、山梨県八ケ岳中央農場でデンマーク式農業を修得、以後、熊本県で農業改良普及員として勤務するが、辞めて開拓地での農業を試み、その後、県職に復職。昭和三十七年にデンマークに行き、一年四か月のあいだ農業を学ぶ。帰国後、農業を営んでいたが、さらに県職に復職し青年教育に取り組むという、波乱に満ちた職歴の持ち主である。

過酷な労働に見合う報酬のない農業に失望し、農業を変えるには青年の教育が大切と考えていた矢先、東南アジア海外援助組織の強力な要請を受け、日本ではかなえられなかった夢である農業と青年達の教育の場をタイ国に求め、定年退職後、全ての退職金をつぎこんで農場を開いた。

谷口さんは現在、三つの農場を持っている。

第一の農場は住まいのあるこの場所で約二十四ヘクタール。畜産・養魚・ビニールハウス、稲作の経営をしている。学生達は男女合わせて九人で、自給のための食糧の外に農産物の販売をしているほか、米銀行や水牛銀行を開いて、現地の困っている人達に貸し出しをしている。また、水田には今年からコシヒカリの栽培を開始したそうだ。反収約七俵の収量を得、十五トンの米の販売契約を結び、バンコクに住む日本人に供給するという。そして来年は十倍の量を穫りたいと言っている。

第二の農場は、第一農場から十二キロほど離れた高地民族の村落内に三ヘクタールの農地を求め、モデル農場として使用している。昔からケシの栽培をし、麻薬の原料として販売していた所だが、その栽培を止めさせるために、代替作物として第一農場でコーヒーの木やマンゴー、レイシ、日本茶などの苗木を作って移植し、その栽培指導を行っているとのことだ。

第三農場は、車で二時間、標高千三百メートルの地域で、高地民族四十戸ほどの人達と共同農場を経営している。二ヘクタールの谷口さんの所有地にシイタケ、コーヒーなどを栽培し、生産資材は一切谷口さんが提供し、現地の人々は労力を提供するシステムである。収益は折半にして、貧しい高地民族の人達の生活を支える手助けをしている。

タイの高地民族が、部族の将来を支える若者達が途方に暮れているのを見て、そうした青年達を集めて日本の農業技術と知識を教えながら、高地民族の自立に力を貸しているのである。谷口農場は「伝修農場」とも言える。青年達は規則正しい毎日の生活スケジュールに従っている。朝六時半起床、当番で家畜の世話をする。午前中は田圃の仕事、午後三時半に水浴をしてから自転車で学校に行く。午後九時半頃寮に帰るという生活で、農場の中では谷口さんが先生になり、農業技術や生活改善、日本語などを教えている。

谷口さんの悩みは何としても金がない、施設がない、人（先生）が欲しい、専門的な知識をもった日本人が……と懇願される。そして将来は「トレーニングホーム」を作るのが夢だとのことだ。

政府などからの援助も今のところないようだが、問い合わせがあり、タイ政府の青少年担当者やタイ連合青年会の事務局長が近いうちに来訪するかもしれないと期待を寄せている。

それにしても、この農場の運営費が毎月三十万円ぐらい必要だが、半分は赤字で日本にいる奥さんの資金集めに頼っているのが現状だそうで、苦労のほどがうかがえる。

谷口さんの話もつきないが、農場で生活している現地の青年達の話も聞かせて欲しいとお願いし、都合のつく三人の青年にも話に入ってもらう。

一人は先ほどからお茶の接待をしてくれていたトムさん。それに二十六歳になるケムさんという女性、もう一人はワラー君（二十五歳）だ。谷口さんが司会する形式で、トムさんが通訳してくれながら話は進められる。

質問　ワラー君をはじめ皆さんは、ここで勉強をしたあと、農業に就くつもりですか。
ワラー君　私はここで学んだ技術を活かして農業をやるつもりです。
トムさん・ケムさん　私達も同じ考えです。
補足、谷口さん　ワラー君達が、本当に農業をやるかどうか心配しています。それは日本の若者と同じようにあまり農業は好きでない。都会に出て、金になる仕事に就きたいと思っている人が多く、しかも両親もそう望んでいる人が非常に多いからです。
質問　皆さんは国際結婚についてどう思いますか。
トムさん　私はあまり良いことではないと思います。言葉・文化・生活様式が違うので、長いあいだには問題が出てくると思います。
ケムさん　私も同じです。ただ気持ちが通じ、愛し合っていれば話は別で、結婚してもいいと思います。
ワラー君　僕は絶対にいけないと思います。
質問　谷口農場では無農薬、有機、自然農業を行っているようですが……。
谷口さん　タイ人は日本の二の舞は踏むまい、と考えています。私は人類の食糧問題を解決するために米を作っています。人口増加を考えれば世界的には食糧は足りないし、もっともっと足りなくなると思う。しかも薬づけで生産された食糧は大変危険です。私の所では、農薬も肥料（堆肥）もほとんど使っていません。原始に帰ってみると、今地球上は薬の害の中で生活しているように見えます。特に日本人は、文明と便利さに毒されて目が見えなくなっているような気がします。

質問　谷口さんはコシヒカリをバンコクの日系人に高い値段で売っているようですが、一般の米を直接外国などに高い価格で売ることをどうして考えないのですか。

谷口さん　そうしたいのはやまやまですが、タイ国では華僑の力がものすごく強く、そんなことをしたら後ろからピストルの弾が飛んできますよ……。

質問　大変ぶしつけな質問ですが、谷口さんは、奥さんまで日本に残して、どうして単身で生活しているのですか。

谷口さん　夫婦の仲と、生き甲斐のバランス感覚の問題だと思います。私は夫として、親としての役割りはもう終わったのです。今後は私の生甲斐（社会への貢献）を優先させているだけです。私は（貧しさの）極限の中で生活している青年達と同じレベルで生活をしているのです。

（中略）

質問　ワラー君　日本の若者は遊んでばかりで、仕事や勉強をしてないように見えるが……。

答（ある参加者の答弁）　そういう青年もいるかもしれません。しかしそういう青年は一部の人達で、ほとんどの青年達は仕事も勉強も一生懸命やってます。ただ、時間の使い方が上手になっているると思います。能率良く働き、時間と金を生み出し、上手に生活を楽しんでいるというのが実態だと思います。

（後略）

時間の関係もあり、話し合いも途中で打ち切って戸外に出る。十一月半ばの午後四時というと、日本では日没の時間だが、南国の太陽はまださんさんと輝いている。

水田脇の道路の上では、三人の青年達が稲の脱穀を終え、ゴミを掃っている。脇には足踏みの脱穀機が（私達がガラコンと呼んでいた）置いてある。多分それを使ったのだろう。塵を掃って選別するのも、椰子の葉やダンボールで作った大きな団扇であおりながら、足で籾を散らかすという極めて原始的な方法である。タイ国の気候には四季はなく、雨期と乾期に分かれているそうだ。今は乾期、水田の水もすっかり乾き、革靴で入ってもめりこまない。谷口農場では傍にある人工池の水を使って二期作の稲作りが可能だが、池の水の届かない所では年一作だそうだ。

農場内を見学するといっても特別珍しいものはない。むしろ原始に近い環境の中で耐えながら生き、少しでも豊かに生きて行く術《すべ》を現地の若者達に伝えていこうとしている谷口さんの痩せた後姿に、言葉に言い表せないもの、感動、いやそれ以上の何か、妖気のようなものを感じる。

自分の心の赴くままに、そしておのれの信ずる道を、ただ一人歩み続けている谷口老人の生き方に、いたく心を打たれたのは私一人だけではないと思う。

後日談（翌年）

ある日のM新聞のコラム欄に、私の目は釘づけになった。「谷口巳三郎氏（六十七歳）うんぬん……」「ええっ、あの谷口さん」と一気に読みくだした。

タイ国北東部の山間で、米や野菜を作り、家畜を飼うかたわら、私財を投げ打ってタイの山岳民族の青年達の指導に取り組んでいる谷口さんが、アジア・アフリカ賞を受賞した経緯が紹介されている。

私達は一九八九年に、タイ国でコシヒカリの栽培に成功したと伝えられる谷口さんの経営の実態が知りたくて、飛行機を乗り継ぎ、バスに揺られながら、タイ北東部の山村を訪れた。

谷口さんの飄々とした風貌、頬はこけているが、自信に満ちた顔が脳裏に焼きついて離れなかった。

「日本政府も、タイ国も、少しの援助の手も差しのべてくれない」と憤慨していたのだが、こうして関係機関の評価が得られたことで、谷口さんも、さぞ喜んでいるだろう、と他人事でなく感動した。

タイ国では一部の地域を除いて、稲作は年に二作できる。しかも安い労働力に支えられ、世界一安い米が多量に生産されている。味が悪いから……と安心していたが、谷口さんは、日本でも作りにくいコシヒカリを立派に作っている。米の輸入が自由化されたら、いったいどうなるのだろうと気になっていた。

谷口さんおめでとうと言いながら、今の日本農業、とりわけ米問題を考えるとき、複雑な心境になってしまうのは、あまりにも心が狭いと言われてしまうだろうか。

アメリカ留学中の娘さんへの手紙

友人からの依頼で、一通の手紙を書くことになった。

アメリカに留学中の友人の娘さんが、「日本の『米問題』について専業農家が何を考えているか知りたい。そして、日本の米についてアメリカの人々が正しい理解を得るための資料にしたい」と言われると、断る口実もない。至急に……とのことなので、便箋に書きなぐって発送した。


前略、まず板倉町の農業について紹介します。板倉町の総耕地面積は約六二五エーカー（一エーカーは四十アール）です。米を作る水田は約八十％の五百エーカーです。標高は十四～十五メートルぐらい、どちらかというと湿地帯で、水田に畑作物を作るのは非常に困難です。

今、日本では米が余っています。そのために米を作る面積を減らす政策を実施しています（減反政策）。その面積は、板倉町の場合、水田面積の三十％弱です。例えば、十エーカー耕作している農家は、そのうち三エーカーには、米以外の作物を作らなければいけないのです。しかし、湿田のため米以外の作物を作るのは大変なことです。それでも私達は、無理して、この減反目標面積を毎年百％以上実施しています。米の需給関係のバランスを保つために、最低限、必要なことだと農家自身も考えているからです。したがって、このバランスを崩すような米の輸入には絶対に応じられないわけで、板倉町のいろいろな団体が米輸入絶対反対を決議しています。

ところで、私の家は専業農家です。約十エーカーほどの農地と、グリーンハウス〇・五エーカー、その他七五エーカーぐらい稲作の作業受託をしています。作業内容は、稲の収穫から調製、出荷までです。

私は稲作りが大好きです。私にとって稲を作り、米を収穫することは生きがいでもあります。私達の先祖は、千年以上も昔から稲を作ってきました。「瑞穂《みずほ》の国」と言って、日本は稲作に適した風土なのです。だから、稲を中心にした文化が栄えてきました。生活も、産業も、何らかの形で、稲作にかかわりを持っていると言えるでしょう。

確かに、アメリカやタイ国の米に比べたら、生産コストは高いかもしれません。しかしそれ以上に、農耕民族であった日本人の、稲作への愛着は計り知れないものがあります。年間一二〇〇～一五〇〇ミリと雨の多い日本で稲を作る水田の役割は、ただ単に稲を作るだけのものではありません。日本の四季を彩る木々や野に咲く草花にも、この水田が大きな力になっています。水田は豊かな地下水となり、輝く太陽と一緒になって大きな役割を果たしているのです。

今、外国から米の輸入を許したら、日本の稲作は潰れてしまうかもしれない。そのことは、日本の農業、いや、日本という国にとって大きな痛手となるでしょう。そして決して、アメリカの利益にもならないと思います。

日本はすでにアメリカから米以外のたくさんの食糧品を輸入しています。更に米の輸入を自由にしたら、アメリカの米が日本に入る前に、東南アジアの米が先に入ってくるでしょう。仮説でいろいろなことを言うのはいけないことなのでやめますが、日本の消費者の一部、あるいは心ない少数の政治家は、安い米を輸入しなさいと言ってます。しかしほとんどの日本人は、消費者も含めて米は日本人の主食であり、その米だけは自給すべきだと考えています。私も絶対に米の輸入自由化はすべきでない、と考えています。（後略）

後日、この手紙に対して、「参考になりました」という礼状をいただいた。アメリカの人々にどの程度理解されたかは分からない。だけど、どんな形にせよ、どうしても言いたくていたことを言わせてもらえ、胸のつかえが降りたような、ある種の満足感を味わっている。

（平成三年・一九九一年記）

第3章

家族と生きる

姉ちゃん

自分のことを「姉ちゃん」と呼んでいる小さな女の子。そして周囲の大人達までが「姉ちゃん」と呼んでいる。

ドングリ目玉で髪の毛は赤茶けてうすい。おでこが特に広い感じだ。小学校入学前の小さな女の子が、「姉ちゃんがね……」と言いながら東京から疎開して来た小学校三年生の男の子達を引きつれて面倒を見、遊びに出かけていくさまは滑稽である。

話は太平洋戦争中のことである。

自分を「姉ちゃん」と呼んでいる女の子の名前は「伸子」。生まれは昭和十六年十二月八日の早朝、あの忌まわしい太平洋戦争の勃発した朝である。

子供が生まれて大騒ぎしている最中、ラジオから何やら勇ましい音楽が流れ、

「大本営発表、大日本帝国は米英両国と……云々」

という臨時ニュースに日本中がどよめいていた、その朝である。

その日を境に日本中は「戦争のために」という大義によって、全てのことが統一されてしまった。

若い男性は次々に軍隊に召集された。役場の人が赤い紙に書かれた召集令状を持ってきて、お国のために、天皇陛下のために、と戦場に赴き一命を捧げた。一切の事情は認められない。徴兵を拒否できる理由は何も無かった。もし指定された日時に指定された部隊に入らなければ、国賊と呼ばれ処罰される。

開戦当初は、入隊する若者はその地域の名誉であり、出征兵士を送る会が盛大に開かれた。鎮守様の境内に地域の名士や在郷婦人会の人々が日の丸の小旗を振りながら武運長久を祈って集まった。当人達はまだ二十歳を出たばかり。カーキ色の軍服に戦闘帽、足にはゲートルを巻いて「武運長久○○○○君」と書かれた襷《たすき》をかけ、慣れない格好の挙手をし挨拶する。心にもない言葉が虚しく感じられ、家族は人目につかない木陰から見送っている。出征兵士の数が少ないうちは鎮守様の境内で行われた壮行会も、戦争の激化とともに召集される若者が増して手狭になったのだろう、会場が小学校の校庭に移された。

壮行会には村長さんも出席する。出征兵士と同じような服装で喝を入れる。そして、

「天皇陛下バンザイ」

と三唱して会は終わる。

誰からともなく軍歌の合唱が起こる。

勝ってくるぞと　勇ましく
誓って国を　出たからは
手柄立てずに　死なりょうか
進軍ラッパ　聞くたびに
瞼《まぶた》に浮かぶ　旗の波

小さな子供達も意味は分からないが大人達と一緒になって大声を張り上げていた。しかしそれから間もなく、その校庭が戦死者の葬送の会場になろうとは思いもよらなかった。

ラジオのニュースも次第に我が軍にとって不利な戦況にあるニュアンスに変わってきた。

国内には年寄と女性、子供しか残っていない。ときどき本土決戦に備えてと言って、竹槍を持って銃剣術の訓練が行われる。参加するのは年寄と女性だけだ。座布団を二つ折りにしたような防空頭巾をかぶり、女性はモンペ姿に身をかため、真剣に戦争ごっこを学んだ。そしてみんなで、

「欲しがりません勝つまでは」

を合言葉に、世の中は戦争一色に塗りつぶされた。

本土決戦の様相は、現実のものになりつつあった。

「警戒警報発令、敵大型機二機は……」

との臨時ニュースがラジオから流れる回数が増えた。そして間もなく、警戒警報は「空襲警報」となり、Ｂ29爆撃機が高度一万メートルもの上空を真っ白な飛行機雲の尾を引いてゆうゆうと飛んでくる。日本軍の抵抗はほとんどないのだろう。ときどき日本の戦闘機が戦いを挑むが、「あっ」と言う間に撃墜されてしまう。


「姉ちゃんは留守番してな」

たった四歳の女の子に留守居をさせて、家中で畑仕事に出かける。父は日支事変で兵隊に行き、戦地で負傷して帰還していたが、傷の治るのを待つかのようにまた出征している。だから家中といっても、祖母と母、それに子供達だけだ。

東京への空襲が激しくなってきて、祖母の姉家族が空襲を避けて長屋に引っ越してきた。疎開してきたのだ。家のみんなも毎日心細い生活を送っていたので、歓迎された。その家族の中に、小学校三年生の男の子と二年生の女の子がいた。

食糧不足も深刻になってきた。どこの家でも米や麦はほとんどない。芋類まで穫れたものは、お国のため、戦地で闘う兵隊さんのためだからと言って、全部供出させられた。自分達で作りながら、自分達で食べる分を残すことも許されない。それどころか、沼のまわりに自生した稲株を数えて「もっと供出しなさい」と命令される。クズ米の中から選り分けてでも供出に応じた。

さつま芋やカボチャの葉柄まで煮付けて食べた。「姉ちゃん」は、そんなものをうまいと言って食べているが、米の飯を食ったことのある者にはなかなかノドを通らない。

着る物も新しいものは全く手に入らない。全ての物が国の統制下に置かれ、衣類も衣料切符が人数に応じて各家に配られるが、切符はあっても品物がない。

「姉ちゃん」には、母が自分の着物をこわして簡単な洋服のようなものを縫って作っていた。母は昼間の仕事で疲れた体にむち打って夜なべで、しかもミシンが無いのにミシンで縫ったように手で縫う。大変な心使いだが、「姉ちゃん」の喜ぶ顔を見たさにがんばったのだろう。彼女は手作りの新しい洋服を見ると飛び上がって喜んでさっそく手を通す。決して恰好の良いものではないが自慢そうに振る舞っている。

あるとき、長屋に疎開している東京のオバさんが、

「浅草で探してきたよ」

と言って女の子向けのフリルの付いたカンタン服を買ってきてくれた。

「姉ちゃん」は目を丸くして、ジーッと見つめていて手を出さない。見たこともないものだから驚いている。母が受け取ってその場で着替えさせる。日焼けして真っ黒な、目ばかりギョロギョロしている「姉ちゃん」も、かわいい女の子になった。まわりにいた大人達があんまり喜ぶものだから泣きだしてしまった。彼女にとって新しい洋服を身につけたのは、後にも先にもこの一着だけだったろう。


その年の冬は寒さが一段と厳しく、一月から二月にかけて例年になく大雪が何度も降った。二月二十五日は鎮守様のお祭りだが、朝方から雪が降りだした。戦時中とはいいながら、祭り気分だけは味わいたいと準備を始めていたところ、突然空襲警報が発令された。それから何分もたたないうちに敵機のグラマンは上空まで来ていた。後に聞いた話だが、低空で襲来したためにレーダーに映らなかったのだそうだ。

雪の舞う上空の轟音だけは聞こえるが、姿は見えない。そして多分、無差別に機銃掃射を浴びせたのだろう。その音たるや無気味な響きである。まさに「バリバリ……」という感じで生きた心地はなかった。そんなときにも「姉ちゃん」は、いち早く疎開してきているお兄ちゃん達を誘導して裏の竹ヤブに掘られた防空壕に連れて行き、ことなきを得た。大人達もよく気のきく子供だ、と感心していた。

翌月、三月の中旬に東京大空襲があった。南東の空が真っ赤に染まっていた。疎開に来ていた東京のオバさんも東京の家のことが心配になり、ようやく電車の切符を手に入れ、四～五日後に出かけて行った。しかし帰るなり、

「私の家も全部灰になってしまったよ……」

と涙も枯れて呆然としていた。

戦況は日本にとってますます不利のようであった。太平洋の島々で戦闘を展開していた部隊は、各地で苦戦を強いられ玉砕のニュースが飛び込んできた。

それでもまだ日本は勝つと信じていた。「今そのうちに必ず神風が吹いて敵をやっつける」と信じて疑わなかった。

しかし敵の戦闘機の襲来は日増しに激しくなり、一日に何度も襲来する。最初のうちは怖がっていたが、慣れてくると空襲警報の出ない静かな日が物足りない、何か忘れ物をしたような気分になったものだ。

その頃、父から一通の手紙が届いた。所属する部隊が広島になったという内容である。元気な姿が目に浮かぶ。母は目をうるませながら読んで聞かせた。

「姉ちゃんは頭が痛い……」

遊びから帰ってきた昼さがり、「姉ちゃん」が赤い顔をしている。母が額に手を当ててると火のように熱い。急いで近所に疎開しているお医者さんに診てもらったが、夏の暑さに負けたのだろうとの診断だ。

飲み薬を出してくれたが、少しも熱は下がらない。母は夜も寝ないで水まくらの水を取り替えてやる。「氷があればねえ」と言いながら、井戸水をこまめに入れ替えてやるしかない。

高い熱に浮かされて、「姉ちゃん」はうわごとを言うようになってしまった。母は父に手紙を書いた。いつ着くのか分からない。しかも、汽車の切符が手に入ればよいがと考えるだけで、他になんの手の打ちようもない。近所の医者は毎日往診には来てくれるが、効く薬がないのだと言う。

親類の人や近所の人達も見舞いに来てくれて、いろいろな話を聞かせてくれる。しかし結論は、名医は戦争に召集されていないし、薬が無いのでは……となってしまう。

病気になったら、もう自分の生命力に頼るしかないのだろうか。戦地で弾丸に当たって戦死する兵士も犠牲者だが、内地にいても体力の無い子供達や年寄は同じ戦争犠牲者だ。

熱に浮かされながらも、「姉ちゃん」の病状は小康状態を保っていた。その間にも敵機は毎日のように襲来している。七月の真夏の太陽は、意地悪く照りつけて大地を焦がすほどだ。

母は「姉ちゃん」の回復を願って鎮守様に祈り続けた。姿が見えないときは、鎮守様に手を合わせていた。

そんな母の願いが神に届いたかのように、突然父が帰ってきた。母の顔に久しぶりに泣き顔ともつかない笑顔が浮かんだ。しかし、父は「姉ちゃん」のあまりにも痩せ衰えた姿に言葉を失った。

「姉ちゃん」は父が帰宅した翌日、父の帰りを待っていたかのように他界した。父は男泣きに泣いた。享年五歳である。あまりにも短かすぎる人生である。

父は葬儀を済ませると広島の部隊に戻った。そしてその朝、八月六日午前八時十五分、自分の部隊の自分の席に着いたとたん、あの新型爆弾が広島市の頭上で炸裂し建物の下敷きになった。意識を失っていたが、奇跡的に誰かに助け出され命だけは助かったという。そして八月十五日、太平洋戦争は日本の敗北、という形で終わった。

「姉ちゃん」は太平洋戦争の勃発と同時に生まれ、終戦と時を同じくして世を去った。何も無い、まさに地獄の時だけを生きた「姉ちゃん」の人生って、いったい何だったのだろう。

それでも生まれてきて良かったのだろうか。生まれてさえこなければ、こんな苦しい目にはあわなかったのに……。

栄養失調のために、成長しようとする本能に体力が追いつけなかったのではないか。髪の毛も生毛のように風が吹くと風のままになびいてしまう。目だけは人一倍大きく輝いていた。優しい心と勝気な性格が同居していた。小さな女の子のくせに何でも背負い込んでいたのだろう。

だが「姉ちゃん」がいたおかげで、戦時中の苦しさやつらさが癒されてきた。小さな女の子が、大人のような口をきき、はしゃぎ回っていたおかげで、つらいこともいっとき忘れることができた。しめりがちな話題も、「姉ちゃん」を中心に明るく展開していく。特に母は「姉ちゃん」の元気をもらっていたような気がする。「姉ちゃん」がいなかったら、母自身がつぶれてしまったかもしれない。一家を支えていた母にとって、「姉ちゃん」は何よりの宝物だったのだろう。

人間ってもちろん長生きすることはすばらしいいし、そう願いたい。しかし人それぞれ生まれることによって位置づけられている、ポジションが与えられているのではないか。短い人生の中でも、その存在をアピールできるものだ。

ことさら背伸びをしなくてもいいではないか。いくらがんばっても自然体を越えることは難しい気がする。その人らしさが、その人の一番大切なものだと思う。

「姉ちゃん」が亡くなってもう六十年近い。だがたった五年の短い生涯だったにもかかわらず、いまだにそのままの映像が脳裏にしっかりと焼きついている。

運命のいたずら

人間の生き方には、きまりというものはないのだろう。十人十色、それぞれの意のままにどう生きるかを決めればいいのだと思う。問題は、自分の置かれている環境とか世間体を気にするなど、内外の要因によって生き方が少しずつ変わることだろう。そして、好むと好まざるとにかかわらず、「運命」という得体の知れない何かによって生き方が左右される場合もあるような気がする。その「運命」という言葉について、五木寛之はある作品のなかで次のように書いている。

「逃げようとしても逃げられないもの、……どんなにあがいても、どうしようもないもの、そんなイメージが『運命』という言葉につきまとう」と。

日本が大東亜共栄圏構想の実現のためという大義のもとに戦争を始めた丁度その頃、軍人となる運命の中に置かれ、戦争に明け暮れた父の人生は、そうした星の下に生まれていたとしか言いようがない。父の生きてきた足跡は、まさにその運命の為すがままに操られ、そして生かされてきた生涯のような気がする。

勝ち戦《いくさ》の中での誇らしい一面と、敗戦のショック、しかもその後遺症のような病との戦いが、日支事変を境に一枚の紙を折り返したように、はっきり区分されている。日本中が勝利に沸き立っていた時期までは、父にとっても栄光の時代と言えたのだろう。後に父の話を聞いているとそんな気がした。


父が最初に軍隊に召集されたのは、私が生まれる直前だったそうだ。台湾の部隊に入隊し、そこで軍人としての基礎訓練を受けた。「上官の命令は天皇の命令と思え」と次第に洗脳されていく厳しい毎日だったようだ。その時点では軍隊の厳しさを体験したようだったが、あとになって振り返ってみると実弾が飛んでくる心配はなく、気候は良いし食べ物には事欠かない台湾での訓練は、むしろ天国だったのだろう。残されている写真の随所にそんな光景が見受けられた。

後日、父はよく私達に台湾の話をしてくれた。人喰い人種の話や少数民族の話などで、その話になると私は母にしがみついて聞いていた記憶がある。父は面白がって話していた。私がいまだに台湾に何かしら親近感を覚えるのは、そのせいなのだろう。

父は訓練を終えて帰るときに、水色の石を加工して作った置時計を買ってきた。私と同じ年齢だそうだ。

この時計は今は時を刻んでいないが、私の人生と同じ歳月を過ごしていると思うと感慨もひとしおである。父や母にも相談できなかった青春時代の悩み事も、この時計は知っているのではないか。小躍りして喜んだ出来事を、この時計は冷静に見つめていたのだろうか。良きにつけ悪しきにつけ、私のこれまでの人生を見透かしてきたような、そして将来を見届けてくれそうな、そんな置時計で私の宝物の一つである。

昭和十二年、日支事変が始まった。この戦争は次第にエスカレートして後に太平洋戦争へと突入した。中国大陸では日本軍は勝利をおさめていたが、さっそく父にも召集令状がきた。今度は高崎にある第十五連隊に入隊したが、令状と時を同じくして曽祖父が他界した。父の父親は父が十六歳の年に死亡している。曽祖父の葬儀を出す間もなく入隊したのだそうだ。

すでに台湾で基礎訓練を受けていたので、前線部隊に編入され直ちに中国大陸への派遣が決まった。戦地に赴く前に家族との面会が許された。今生の別れになるかもしれない。最後の別れかと思うとさぞかし父も母もつらかっただろう。

母に連れられ、タクシーをチャーターして一日がかりで高崎の部隊まで出かけた。かすかにそのときの記憶が残っている。

大きな桜の木の下で父と一緒に弁当を食べていると、ヨチヨチ歩きの弟が知らない奥さんの羽織のスソの上に庭の砂を小さな両手ですくい上げてサラサラと運び始めた。気付いた奥さんがニッコリ笑って立ち上がった。何のことはない光景だが、そのことがこの面会での記憶の全てで、父がどうしていたのか、何を言ったのかも覚えていない。それから間もなく父は中国大陸に渡り、日本軍人として殺すか殺されるかの死闘を繰り返したようだ。

母は雨の夜も風の吹く夜も、仕事に疲れた体に鞭打ったようにして天神様にお百度参りを続けた。静かな夜には、ときどき私も母と一緒に参ったのを覚えている。

「父が無事に家に帰れますように……」

神だのみと運命に任せるしか何の手だてもない母のつらさは、言語に尽くせないものがあっただろう。

父の戦地からの便りは、作戦の合間をみて書く無事を知らせる簡単な葉書だけだった。そして父の前線部隊での戦いは、三年近くにまで及ぶ。母もその間、仕事と天神様へのお参りが続いていたが、ある日父より一通の葉書が届いた。敵弾を足に受け、内地の病院に移送された旨だ。長野県の上山田温泉にある療養施設のようだった。

帰郷してからの父の話は、台湾に入隊していたときの話とは全く違っていた。

自分の目の前で戦友が敵の弾に当たって次々と死んでいく。前からも、後ろからも弾が飛んでくるのだという。

最前線部隊ではときどき補給路を断たれてしまうことがあるそうだ。前方の敵と後方のゲリラと同時に戦わなければならない。四方八方が敵の中で戦闘を展開することもあるそうだ。

精神状態も異常になっていて、人間の命もただの物にしか映らない。殺さなければ殺されるという状況の中では、相手の命は虫けら同然だという。

「一人の人間の命は地球よりも重い」と言われる。本当にそう思うが、切羽詰まるとそんな理屈は通用しないのだそうだ。本当に怖いと思う。

世界の各地では今でもいろいろなもめごとが起きている。戦争の怖いところは、戦う者同士、お互いに自分だけが正しいと考えている。そしてその正義感に支えられて戦争をしている。

父はまた過酷な運命に玩《もてあそ》ばれた。

太平洋戦争が始まって間もなく、父は再度軍隊に召集された。

今度は国内の千葉県習志野にある鉄道部隊である。どうして鉄道部隊に入隊させられるのか分からないまま入隊したが、昭和二十年の始めの頃、広島の鉄道部隊に移された。父には鉄道に関して何の経験もなく、学校の校舎の二階で事務の仕事をしていたらしい。運命のいたずらは、こんなところにも待っていた。

先ほどの「姉ちゃん」で詳しく書いたが、長女（わたしの妹）がこの年の七月下旬に急死した。昭和十六年十二月八日生まれの満五歳の夏であった。

父は娘の葬儀のために帰郷した。そして初七日まで済ませて広島の部隊に戻った。昭和二十年八月六日午前八時十五分。部屋のイスに座った瞬間、何かが起きた。何が起きたのか分からないまま、大きな木材の下敷きになって大声で呻いていたそうだ。一瞬気を失っていたのだろうか。気が付いてみると誰かが動かしてくれたのか、大木と体のあいだに隙間ができ、命拾いをした。体中にガラスの破片がささり、頭からは血が流れ出していた。手当てをすることもできず頭の傷は化膿してしまった。

死者、負傷者が続出している中で、ようやく手当てをしてもらって、大部離れている戦友の家で世話になったようだ。しかし父の口からその戦友の名前すら聞くことができなかった。広島でのこの出来事は、父が帰郷してからポツリポツリと聞かされた話である。

広島に投下された新型爆弾のニュースは伝わってきたが、父の消息は全然分からなかった。親戚や近所の人達はもう生きていないと思っていたようだが、何の知らせもないので葬儀も出せない。出征していたほとんどの近所の人達が大きな荷物を背負って帰って来ていた。

九月が過ぎ十月が過ぎた。母の胸中が思いやられたが、私は何の力にもなれなかった。この年の夏は格別に暑かったが、秋も終わりに近づきめっきり朝夕は冷え込んできた。今日も父は帰らなかったと思いを馳せていると、日の暮れしな、浮浪者のような髭面に戦闘帽をかぶり、ボロボロの軍服姿の人が母屋の入口に立っている。

「今、帰った……」


待ちに待った父が帰ってきたのだ。忘れもしない十一月五日の夕刻だった。母は茫然と立ったままだった。なかば諦めていただけに信じられなかったのだろう。父は着のみ着のままで、雑のうを肩からぶらさげている。見たところこのままでは家の中に入れる恰好ではなかった。母が、

「今、着替えを持ってくるから」

とさっそく一揃えの着替を持ってきて、長屋の方で着替えた。


運命のいたずらはまだ続いた。ほっとする間もなく父は病に倒れたのだ。

「すぐ医者を呼んでくれ、胸が苦しいんだ……」

病に倒れた最初の言葉だった。そしてこの言葉をいくど聞かされたことだろう。

今なら救急車ですぐ病院に運ばれるところだが、町医者に往診を願った。医者が来て診察を始めると正常になってしまう。そして医者が帰るとまた苦しみだす。健康保険制度が確立する前だったので、経済的な負担も大きかった。そして約十年、各地の医者を訪ね治療を続けたが、ここが悪いからここを治すということも無かった。医者の意見は戦争中の無理がたたったのだろうということと、広島での被爆によって白血球に問題があるとも言われていた。その治療をするでもなかったが、少しずつ快方に向かって行った。当時、板倉町では初めての被爆者手帳の交付を受けた。

父への運命のいたずらは家族の者にもその影を落としていた。

母は完全に父に束縛されていた。そして私も青春の夢をかなり犠牲にせざるを得なかった。大学進学をあきらめて農家を継いだ。そのことで後悔はしていない。

人間っていくらあがいても、運命に逆っても、本当にどうにもならないことってあるものだ。大きな誰かの手の上で生かされている、という宗教的考え方もあるが、それはそれとして背伸びをしてみたり、片ひじを張ってみたりしながら、「やっぱり自然体にはかなわない」となったらそれでもいいではないか。そのことは決して消極的な生き方ではないと思う。

父は運命に玩ばれながらも六十四歳の誕生日の朝、広島で被爆した同じ時刻、午前八時十五分にこの世を去った。運命のなすがままに生涯を送ったような気がする。長年、病に苦しめられた分、最後は誰の世話にもならず、誰にも「さよなら」も言わず、元気のまま逝ってしまった。心筋梗塞だった。父にとってそうなることが最も自然であった。結果的には最高に倖せな人生だったのだと思う。

これも父には最後の運命のいたずらだったのかもしれない。

黄色い写真

特に珍しいというものでもないが、黄色くなってしまった写真を一枚見つけ出した。母親が、生まれて間もない赤ん坊に微笑みかけている。未整理のままダンボール箱一杯に詰められた写真の中から偶然見つかったものだ。

来客にお茶をすすめるたびに、必ず話題にしてその写真を見せ続けてきた。いや少なからず自慢をしてきた。多分、この写真を見せられた人達はさぞ迷惑だったろうと思いながらも、あえて見せ続けてきた。それほどこの写真は自慢の一枚なのだ。

母の様子が少し異様になった。三年ほど前からだ。

家から年寄りの足でも十分ほどのところにH医院という開業医院があった。母はその医院に通うのが日課だった。足が痛い、腰が痛いと言いながら、朝食を食べると雨の日も風が吹いていても出かけて行く。そして帰りにはビニールの三角袋に薬を一杯に出されてきて食前食後に欠かさず飲んでいる。その薬で満腹になってしまうのではないかと思うほどだ。

あるときふと気が付いたことだが、五分間くらいのあいだに同じ話が何回となく出てくる。はじめのうちはあまり気にも止めなかったが、あるとき、

「おばあちゃん、その話さっき聞いたよ」

「ああそうだったか……」

という会話のあとに、また間もなく同じ話になってしまう。小言を言ってみたが治らない。あきらめて黙っていることにした。

話は少し前後するが、一時、母はコタツに入ったまま動こうとしなくなってしまった。

「おばあちゃん、歩かないと足が弱っちゃうよ」

と妻に言われても、なかなか歩きださなかった。ところが曾孫がヨチヨチ歩きをするようになり、日向ぼっこをしながらその様子を眺めていて、

「あぶなくて見ていられないよ」

と言いながら曾孫のあとを追いかけるようになった。そんなことをしている間に、本当に足が丈夫になって、誰に言われなくても自分から歩くようになった。

周囲の人々も皆感心してしまった。しかし子供は母の足の衰えとは逆に日増しに早く歩くよう

になる。

「もう一緒について行けないや」

と弱音を吐いてしまったが、そのことを契機に補助車を押してH医院に通うようになったのである。

H医院からの帰り、少しまわり道をすると「Hや」という雑貨店がある。駄菓子類や清涼飲料水などが置いてあり、あるときから毎日のように十本入りの清涼飲料水を買ってくる。手をつけない箱が何個か溜まっているのに、また買ってくる。お店でお茶などをご馳走になるので、お礼のつもりで買ってくるものと思っていた。そんなことが気にかかっている間に、もっと困ったことが起きた。

曾孫が小学校に入学した。毎日元気に通学していたが、ある日困った顔で、

「おばあちゃんが一緒に学校に来ちゃうん」

と言い出した。よく聞いてみると、教室の外側から授業中にのぞき見しようとしているとのことだ。まさかそんなことはないだろうとは思っていたが、学校の用務員さんに聞いてみると、ときどき授業中に校庭に居る姿を見かけたとのことだ。

「おばあちゃん、学校に行っちゃだめだよ」

と強い口調で言うと、「学校になんか行かない」と言い張る。仕方がないので家族の者がみんな

で気を付けることにした。あとになって考えてみると、かなり認知症が進行していたのだろう。H医院は先生の都合で閉鎖された。以来、薬も全然飲まなくなったが、今まで足が痛いとか何とか言っていたのに何も言わなくなった。ところが食欲が旺盛になり、いくらでも食べてしまう。しかもときどき食事のあとでも「ごはんはまだかえ！」と言い出す。「おばあちゃん、もうごはん食べたんだよ」と言うと、「私にはごはんをくれない」と怒り出す始末だ。

そして時を切らず戸外に出てしまう。厳寒の早朝、近所の人に起こされた。こんな早朝何事があったのかと飛び起きてみると、車の中から母を連れ出してくれた。霜が雪のように降りている野良道にうづくまっていたのを発見してくれたのだった。それ以来、妻が日夜を分かたず母に付き合うことになった。そのことを契機に、板倉のM医院の先生の往診をお願いした。

いつからだか分からないが、母の顔から表情が失われてしまった。喜怒哀楽の感情表現がなくなってしまった。そして次第に言葉も失っていった。口うつしに喋らせようとしても、単語すら発音できない。いや、声を出そうとしても声にならないようだ。何度も何度も母の名前を言いながら「言ってみて」と言ったあと、小さな声で「チヨ」と自分の名前を言った。精一杯喜び褒めてやったが、どこにも笑顔は見えない。あんなに笑顔の素敵な母なのに……本当に痛ましい、涙の出る思いだ。

次第に衰えて行く母の心と体を何とか家族みんなで食い止めようとしても、どうにもならない。我が家の生活の大部分が母のためにと費やされることになった。全てのことが母を中心に回っていた。何としてでも母の介護は家族で、との合意があった。

しかし突然、予想外の事態が起きてしまった。俄雨の上がった夕方、妻が倒れた。くも膜下出血と診断され即入院、手術を受けることになった。手術は五時間あまりかかったが、手術室から出るなり何か言っているようだ。よく聞くと、「おばあちゃんをU医院にあずけて……」と言っているらしい。「分かった、心配しないで」と言ってなだめる。自分の生命が危険な状態の中で、まだ母のことを心配している。しかし考えようによれば、そのことが「自分が元気にならなければ」というエネルギーの源になったのかもしれない。

幸いにも全快することができたが、意識が戻ってからそのときのことを話すと、全然記憶にないという。無意識のうちに母のことが頭から離れなかったのだろう。

母が小林家に嫁いだのは二十一歳の春だったという。物心が付いてからの母はやさしかった。忙しい野良仕事に追われているときでも、よく頬ずりをしてくれた。温かかった。だがもっと印象深いのは、きれいな着物を仕立てている姿だ。嫁ぐ前の何年間か、和裁の先生の家に下宿をして修行を重ね、師匠の資格を授かったという。そんなことで町場の人達からも着物の仕立ての注文が入っていた。奥の座敷の真ん中に断ち板を置き、小さな火鉢に焼き鏝が差してある。火鉢にはいつも鉄瓶が乗せてあり白い湯気を立てていた。ときどきお使いをたのまれた。小学校の東にある雑貨屋に、縫い糸など小物を買いにやらされるのが楽しみだった。雑貨屋では褒められたり、お菓子がもらえたり、時にはお使いの褒美に母に絵本を読んでもらえた。

そんな仕事をしていたせいか、母はおしゃれだった。いつもきちんと和服を着ていて、歩くときは左足が特に内向きだった。だから女の人はみんな誰でもそう歩くものだと思っていた。母のそばに寄るとシャボンの匂いがする。シャボンの匂いは母の匂いで、だから大好きな匂いだった。こんな匂いのする母を少なからず誇らしく思っていた。

母はあまり頑健ではなかった。ときどき胸が痛いと言っていた。そのたびに小学校前の八百屋にリンゴを買いにやらされた。今では珍しくないが、その頃は高級な果物で簡単に食べられるものではない。しかし毎日着物の仕立てが忙しいくらいだから、小遣いには不自由しなかったのだろう。

リンゴは一度に一個しか買ってこない。母はそのリンゴを細く割って一切れだけ食べる。あとは大切そうに包み紙に包んで小さな木箱の中に入れておく、一切れ食べると、

「あー胸がすっきりした」

と言って笑顔になる。子供心にもその笑顔がよほど嬉しかったのだろう。だからリンゴは母だけが食べるもの、と思っていた。小学校入学前のことだ。

太平洋戦争の前段である日支事変が始まり、父にも召集令状が来た。父の話は、先ほどの「運命のいたずら」に書いたとおりだ。

母は戦争から帰ってきて体調を崩した父を愚痴一つこぼさず献身的に看病した。

母の人生の大部分は家、夫、子供達のために犠牲に、いやもしかすると戦争の犠牲になってしまったとも言える。そんな苦しみに耐えながらも、女性の身だしなみは決して忘れなかった。

あんな素敵だった笑顔を忘れ、やさしかった言葉も失ってしまった母の姿を見るのが本当に口惜しかった。しのびなかった。

幼な子に頬を寄せ微笑みかけている黄色くなった一枚の写真は、かけがえのない大切な宝物なのだ。

初孫

「ルル　ルンー」と朝の静けさを破って電話のベルが鳴りひびく。近頃、仕事の関係で早朝からかかってくる電話が多く、すこし煩わしく思っていたのだが、今朝の電話のコールは待ち遠しかった。

今朝方、まだ夜の明けきらぬ頃、車のドアの閉まる音に目が覚めた。嫁の出産予定日までにはまだ十日以上もあるし、まして昨夜は、遅くまで息子達の仕事を手伝ってトラックの運転をしていた。終わってから皆んなと一緒に夕食を食べていただけに、気がかりだった。そしてもしかすると、という期待もあった。

電話の声は予期したように息子の声である。

「今、病院だけど……」

と言い終えるのをさえぎるように、

「生まれた？」

と叫ぶように私は問い返した。

「今日じゅうには生まれそうだよ」

息子の声も、いつもとは違っているように聞こえるが当然だろう。

そんなやり取りに、おばあちゃんまでが電話の所に出てきて、受話器の中の声を聞こうと聞き耳をそばだてている。受話器を置くと、

「どうなんだえ……」

と心配そうな顔をして立っている。朝食もそこそこに病院にかけつけていた妻から電話があったのは、お昼を大部回った頃だった。

「男の子ですよ」

と妻の声もうわずっている。


土曜日の午後ということで病院の中も静かだ。廊下ですれ違った看護婦さんに、婦人科の病棟を尋ねると、まことに事務的な口調で、

「三階です」

と教えてくれる。しかしそんなことはどうでもいい、早く初孫と対面したい。誕生を知らされて

も、何か実感がわいてこないものだ。エレベーターを待つ時間の長いこと。それに動きがこんなに遅いものだったろうか。

「感動の初対面」とはちょっとオーバーだがまさにそのものだ。

「こんにちは！　ようこそ」とも言えないし、ただ「うーん」と一人頷いていると、すでに駆けつけていた嫁のお母さんに、

「おじいちゃんにそっくりですね」

と声をかけられる。いったい誰のことを言われているのか、うっかりして黙っていると、

「よく似てますね」

と、さらに追い打ちをかけられる。

「ああ、そうだ、おれのことを言っているのだ」

と気付いて、まことに曖昧な返事をしてしまう。そして改めて挨拶をやり直す始末だ。

新生児室と廊下とのしきりには、音や空気を遮断する大きなガラスが張ってあり、ガラス越しの初対面である。

部屋の中の孫は真っ赤な顔にシワを寄せ、口をゆがめている。多分泣いているのだろう。かすかに泣き声が聞こえてくる。この世に生を受けての元気な産声なのだろう。そして、新生児室にいる数人の赤ちゃんの、どの子よりも賢そうでかわいく見える。（どこのご家族の方も、みんな

そう思っているのだろうが）

　先日、ある友人から、

「自分の子供と孫とではどっちがかわいい？」

と尋ねられた。私は、とっさに、

「もちろん孫さ」

と答えたが、あとで本当なのかな……と、自問自答した。「かわいいには変わりない。ただ違うのは、立場の違いみたいなものがあるのかもしれない」と。自分の子供の誕生は、言うならば、自分の責任において、ちゃんと育てていかなければならない、という立場。ところが孫になると違う。気の向くままに愛情を表現することができるし、かわいがれる。それも、無責任な気軽さも手伝って、猫かわいがりしてしまう。その状態を「かわいい」と思い違いしてしまうのかもしれない。


　入院してから八日目で嫁は退院してきた。息子の車で、嫁のお母さんに抱かれて、孫も我が家に一見《いちげん》である。

　床の間に用意されていた幼児用の小さな寝具に寝かされる。孫は、もうこの家に以前から住んでいるかのように、ゆうゆうと無心に眠っている。退院を知って、見舞いに来てくれた近所の人達のにぎやかな話し声にも「ビク」ともしないで眠っている。

この小さな生命には洋々とした未来がある。大人の握り拳ほどしかない体の中には、私達の時代には想像もできない、次の世代を生き抜いて行く、若い新しいエネルギーが一杯に詰め込まれているのだ。

突然、欠伸《あくび》をしたかと思ったら、大きな泣き声をあげて、囲りの人々を驚かせた。モミジのような小さい手、白い細い指が、産着のそでの中で器用に舞っている。その手をしきりに口元に持っていく。そういえば、病院の新生児室の中にいるときも、自分の手を口元に押しつけていた。誰に教えられなくてもできる動作の一つなのだろう。母乳を与えようとしても、自分の手が先に口に行ってしまう。

お乳を飲み満腹になったのだろう、またスヤスヤと眠ってしまう。満足しきった感じだ。口もきけない幼児の表情には、愛嬌がある。見ていて飽きない、これほどの役者はいないのではないかと思われるほど、表情が豊かだ。時間の過ぎるのも忘れて眺めている。

やっぱり孫はかわいい。子供を育てる頃は無我夢中で、毎日をどう過ごしていたかも、もう忘れた。

親バカという言葉があるが、おじいちゃんはもっとバカなのかもしれない。

「ピー」のこと

大きな欠伸をして身震いをした。体の大きさには不釣り合いの白く長いひげだが、ピーンと立っている。痩せおとろえて、立っているのも覚束ない。前足は立っていても、後ろ足は左右によろけている。「毛花が咲く」というが、その通りで体中の毛足が長く、風が吹くとなびいている。白と黒のまだら模様だが、いくぶん白い部分が多い。そして両手の中に「すっぽり」入ってしまうくらいの大きさだ。

その子ネコを小学二年の孫のモエと、保育園に通う妹のミツキが背中をさすりながら眺めている。

先日、長屋の奥の方でネコの鳴き声がしていたが、その声が聞こえなくなった。野良ネコが引っ越ししてしまったのだろう、とすでに忘れられていた。ところが声も出ないような子ネコが一匹、残されているのが見つかった。多分親ネコは元気のいい子ネコだけを連れて、住み心地のいい場所に引っ越ししたのだろう。足手まといにならないように置き去りにされたとしか考えられない。可哀想な子ネコ、ということになる。そして孫達は、この可哀想な子ネコを我が家で飼いたいと考えているようだ。

「つばさ」（我が家の飼い犬の名前）のけたたましい吠え方は、何かを訴えているようだ。子ネコを触っているモエ達に抗議をしているのかもしれない。他所者が来るのをつばさは望んでいないのだろう。そこで孫達に、

「つばさがあんなに嫌がっているのだからネコは飼えないね」

と言って用事を足しに出かけた。しばらくして戻ってくると、ミツキが子ネコの前で泣きべそをかいている。

「どうしたの……」

と聞くと、そばにいたモエが口をとがらして、

「ネコが可哀想、って言ってるん……」

つばさは前よりも激しい声になっている。

「つばさがうるさいから見えない所につれて行きな」

と言うと、精米所の部屋に入れてシャッターを閉めた。ところが子ネコは小さな手をシャッターの下の隙間から覗かせながら、か弱い声で鳴いている。

「つばさはずーっと前から家のものだし、子ネコは家の子ではないだろう。つばさがこんなに嫌がってるんだからネコは飼えないね」

とたんにこんどはモエが大きな声で泣きだしてしまった。

「どうしたん？」

「モエにはどうしたらいいか分からない。おじいちゃん、どうしたらいいの……」

モエの目からは、大つぶの涙があふれている。そして、

「おじいちゃん、おしえて」

と叫ぶように聞いてくる。

長い人生の中でいろいろなことに出会い、大概のことでは困ることはないと思っていたが、さすがにこの二人の涙には困惑した。

仕方なく、

「じゃ、犬に見えない所で飼おうか」

と提案した。

この騒ぎを部屋の中で聞いていたのか、妻も庭に出てきて目をうるませている。

子供がころんでとか、何かを欲しがって泣く場合、何とかなだめる術はあるものだ。しかし、今モエやミツキが流している涙はちょっと違う。

「ネコが可哀想……」

と言われると、自分のことでないものに対して、いとおしむ孫達の心が痛いほど感じられて、つい同情してしまう。と同時に、孫達の成長を思い知らされたひと時であった。


小さなダンボール箱が子ネコの住み家となった。

子ネコはすっかり安心した様子で体を丸めて眠っている。モエやミツキにも笑顔が戻り、しゃがみこんでジーッと子ネコを眺めている。とうとうまた家族が一人（一匹）増えた。そして「ピー」と命名された。

なぜピーなのか、理由はない。孫達が勝手にそう呼んだだけだ。しかし不思議なもので、そう呼んでみると姿、形、印象がまさにピーなのだ。

ところでそのピーが、ときどき行方不明になってしまう。飼い始めて間もない頃だ。モエとミツキと三人で探しに出かけたが見つからない。そのうちに帰るだろう、とあきらめていたところ、

「あっ！　ネコの鳴き声がする」

とミツキが叫ぶ。遠くの道を走る車の音だよと相手にしないでいると、かすかにそれらしい声がしたような気もする。

「静かに……」

と耳を澄ますと、子供達の声が聞こえる。もしかして、と期待しながら声のする方に行くと、子供の声に混じってネコの声がする。そばに寄って、

「白と黒の子ネコを知らない?」

と聞くと、

「あっ、いる。今牛乳飲んでる」

男の子が元気に答える。物置の中を覗いてみると、まぎれもなくピーだ。保育園からの帰り、あまりにかわいいので連れてきた、とのことだ。

お礼を言って連れ帰ったが、もうここまでくると大人達までが孫達のペースに巻き込まれ、ピーの声が聞こえないとみんなで探すことになった。

ときどきピーの母親らしいネコがやってくる。ピーにまとわりついているような感じだが、ピーは背中の毛を立て、臨戦態勢だ。いや虚勢を張っているのか、あるいはもしかしてこんな会話を交わしているとは考えられないだろうか。

「ピー君、元気そうだね。おいしい物を食べてみんなにかわいがられてうらやましいよ」

「そうさ! でも母さんはおれを置き去りにして行ってしまうんだもの…。知らない!」

「うぅん、そりゃ悪かったけど、仕方なかったんさ。お前はみんなと一緒に歩けなかったんだもの。でも今なら大丈夫だから一緒にくる?」

「いやだ！　おれ、この家でうんとかわいがってもらうから行かない。ただね、ちょっと乱暴なお兄ちゃんがいるんだよ。だけど本当はお兄ちゃんも優しいんだよね」

「あっ、誰か来た。じゃお母さん帰るけど、みんなにせいぜいかわいがってもらいな」

「うぅん、じゃね」

このようなことなのかもしれない。とは言っても、夜になると人造毛の丸いクッションに顔をすりつけて、しきりと何かを探している。しばらくすると顔を上げて悲しそうな鳴き声をする。親ネコの乳房を探しているのだろうと気付くと不憫でならない。親に置き去りにされた子ネコだとすれば、やはり飼ってよかったことになるのかな。

今、いろいろな動物がペットとして飼われているが、動物達は本当に幸せなのだろうか。好きな時に行きたい所に行き、ゴミの中から餌をあさり、危険を心配しながら野宿する。食べる物が足りないことも、危険なこともあるけれど、人間に飼われるよりはましなのかもしれない。複雑な心境だ。


脳天に突然一発くらったような出来事が起きた。まさに運命のいたずらとしか思えない事故だ。お互いの不注意とは言えないのだろう。ピーには何が危ないことなのか、全然体験がないのだから、一方的に交通事故に遭わせてしまったことになる。

こんなとき、どう対処したらよいか迷うものだ。何くわぬ顔して、どこかに行ってしまったのだろうと言えば済んでしまうかもしれない。誰も見てないのだから。

人身事故を起こした運転手が現場から逃げてしまったニュースを聞くことがある。だがもしも自分がその立場だったら、気が動転してしまって、どんな行動をとるだろう。ネコのことでさえこうなんだから、と思うといささか自分が頼りなくなってくる。

モエとミツキの涙は、ことピーに関しては二度目だが、今度は母親にしがみついて泣きやまない。

「ごめんね！」

謝っても涙があふれるばかりだ。とりつくしまもない。

しばらくして車の出る音がした。両親と一緒にモエ達が、ピーの亡きがらを水葬にするためにダムまで連れて行ったとのことだ。どこからかピーの鳴き声が聞こえてきそうで辺りを見回してしまう。短い一生だった。

やはり野良ネコのままで人の姿が見えればすばやく逃げ込む生活の方が、ピーには幸せだったのかもしれない。

人間の身勝手で一匹のネコを不幸な目に遭わせてしまったと思うと悲しい夕暮れになった。

木漏日

春先から風邪をこじらせて症状が残ってしまった。鼻づまりである。耳鼻科の町医者に通っていたが、いつになっても良くならない。

「よく見てください」

と言うと、ファイバースコープとかいう医療機器で鼻の穴の奥の方までのぞいて映像で映し出してくれた。奥の方に大きなポリープがあって、そのポリープが空気の通る穴をふさいでしまう。特に風邪をひくとそのポリープが炎症を起こして一層空気の通りが悪くなるらしい。

「摘出手術を施さないと治らないですね」

と宣告された。

久しく気がかりではあったが、手術となると億劫なものだ。何とかなるものなら痛い思いはしたくない。しかし一方ではすっきりしたい。考えると憂うつになってしまう。寒い季節のうちは温かい陽気になってからにしよう。暑ければ涼しくなってから……ということで決断がつきかねていた。

ところが昨年（平成十五年）の夏は、お盆になっても上着が欲しいくらい涼しかった。日程も何とかなるし、今が一番いい時期なのかなと一気に手術に踏み切った。

人間って誰もがそうかもしれないが、特に私は気が短いせいだろうか、そうと決めるともう待てない。一日でも一刻でも早く実行してしまいたいと思う。

町医者からの紹介状を持って、翌日には大学病院に出向いた。病院の担当医も紹介状を見るなり病状は分かったらしく、もう一度レントゲン写真を撮って、二日後の三時から手術をすることになる。

当日は何の迷いもなかった。喜んで行くという心境でもないが、早く楽になりたい、鼻の通りがよくなり思考能力も上がるかもしれない。手術の怖さよりそっちの期待の方が大きく、しかもポリープを取り除くくらい、ものの五〜六分の時間で済むだろう、くらいの気軽な気持ちで病院に入った。しかしあとになって、この考えがいかに甘かったか思い知らされたのである。

手術台に乗る前に担当医が承諾書を持ってきて手術内容の説明をしてくれた。

「左右の鼻骨の矯正手術とポリープの摘出手術を行います。手術にかかる時間はおよそ一時間三十分くらいです」

と、まことに事務的な口調で一方的に話された。

私はすぐに言葉が出なかった。

自分で勝手に考えていたこととは大部違う。予備知識があまりにも無さ過ぎたようだ。正直言ってどうしようか迷ったし後悔した。「やめようか」という気持ちと、「エイ！　どうにでもなれ」という思いが交錯している。今さらこの段になって嫌ですと言って帰ってしまうわけにもいかず、主治医の声に促されて差し出されたペンを持ってサインをしてしまった。

考えてみると、どうやら私には時折安易に物事を決めてしまう「くせ」があるのに気付いた。よく考えるとか、じっくり考えて判断するということができないたちなのかもしれない。いやそういう能力が欠けていると言った方が当たっているのだろう。

周囲の動向に簡単に流されて妙に自分を無いものにしてしまう。まわりのことを思いやり過ぎることがままある。その結果、もしかするとまわりの人に誤解されたり快く思われていないのかもしれないが、そういうことをあとになって気が付く。大事な決断を迫られても、そのときはいい加減に考えているつもりはないが、あとになってみるとずいぶん適当だったと思うことがある。そうしたことでまわりには迷惑を被っている人も少なからずいるのではないか気になっている。でも結果的には「まあいーか」と自分だけで妙に納得してしまっているのだから世話はない。

とにかく「まな板に乗せられた鯉」とはまさにこういうことだろう。

まず鼻の穴の奥の方に麻酔薬を塗られる。五分も経ったろうか、主治医が触れてももう感覚が無い。頃合いをみて、

「局部麻酔の注射をします」

と言うなりブス！と針をさす。痛くはないが不気味な音が気になる。膿盆を自分でアゴの下に当てさせられて手術が始められた。

最初に手がけたのは、鼻骨の曲がった部分の矯正手術のようだ。軟骨だそうだが、それでもかなり固い感じだ。大工さんの使うノミのような器具で削ったり、ハサミではぎ取る。

局部麻酔なので主治医の動作が全て分かる。ときどき目を開けると、真剣な目をした主治医の顔が目の前にある。

特に痛いという感じはないが、長い。もう何時間も過ぎている感じだ。体も心も一点に集中させられ、緊張の極に達していて体じゅうで汗が吹き出している。手の平までがぐっしょり濡れて

いるのが分かる。

始めのうちは自分の意志で多少気持ちをコントロールできていたが、時間が経つにつれて頭の中が混乱してきた。もう早く終わってほしいということと、こんな思いをしても本当に治るのだろうかと心配になってくる。

テレビのニュースになるような医療ミスなんてないように願いたい。だが大学病院なので大勢いる医師の中で若くて一番下手な医師が執刀しているのでは……。こんな若僧の医師はあまり手術の経験もなく実験用のモルモットにされているのかもしれない。

町医者に病院の紹介をお願いしたときの一番初めの条件は、経験が豊かな医師だった。次がスタッフと施設の整っている病院をぜひにとお願いした。ところが患者を手術台に乗せておきながら自分一人でメス、ハサミ、骨を削るノミなど器具類を集めていた。テレビで手術シーンを見ていると、手術に使う器具は台の上に揃えられていて、医師が手を出すとスタッフが次々に必要な器具を手渡している。ところが全然違う。中年女性の看護師が一人、医師の指示に従ってガーゼを出したり膿盆を交換しているだけだ。

気になりだすと不安が一層つのる。何をしてるんだろう、もうできるものなら早く逃げだしたい。早く早く、と無性に苛立ってくる。不安で体の置き場がないというのだろうか。

いつも強がりを言い、神も仏も信じない部類だが、いざとなると弱いものだ。追い詰められて自分ではどうにもならない窮地に立たされると、まず冷静さが失われ、何かに頼りたい、誰かに助けてほしいという心境になる。特に身動きもできない状況の中では精神状態が異常になってしまう。

頭の中を何かが駆け巡っている。ものすごい速さで。収拾がつかないというのだろう。今まで経験したこと、係わり合った事柄、いろいろな人達の顔が浮かんでは消えていく。そして誰もがみんな素通りして行ってしまう。

朦朧とした意識の中で、現実と幻が交錯していて現実の肉体がどこかでつながっているのだろう。無意識のうちに体が動いた。医師が、

「動かないで」

と厳しい口調で注意する。看護師が肩を押さえてくれる。誰かに手伝ってほしい、この不安を誰でもいいから理解してほしい。こんな心の動揺が通じたのだろうか、今までひと言も話さなかった看護師が消え入るような、しかしやさしい声で、

「小林さんもう少しです、がまんしてね！」

と声をかけてくれる。

ハッと我に返った。

この一言が私を勇気付けてくれた。どうにかなってしまいそうな自分自身を取り戻すことがで

きた。

「もうちょっとのがまんだ」と自分に言い聞かせるゆとりができた。

三時に手術を始め、もう五時近くなっていた。鼻の軟骨には神経も血管も通ってないからと言われてはいたが、出血もあるし痛みもある。

「無事に手術は終わりました、成功です」

主治医は笑顔でそう告げると、血の付いた白衣のまま手術室を出て行った。あとに残った看護師が、

「もし出血が多いようでしたら、ここに電話をしてください」

と言って一枚の紙切れを渡してくれた。


悪夢から急に目覚めたような気分だ。先ほどまで頭の中を駆け巡っていたいろいろな事柄が、まだ頭のどこかに残影のようにしがみついている。

おそるおそる病室から待合室に向かう。何となく足元がおぼつかない。待合室のイスに腰をおろして病院の玄関に目をやると、久しぶりに顔を出した真夏の太陽が生い茂る木立の下に木漏れ日となって降り注いでいた。

足尾町に行く

帰郷した二男夫婦と足尾町に行くことになった。お盆前の日曜日で暑い朝、朝食を食べながらの話である。

ゆかりさん（二男の妻）が過日、水沼駅近くの「竹炭」を焼く人の所に取材にうかがったとのことで、昨夜、そんな話から足尾の話題が出たのだ。

みんなで飲みながら遅くまで話していたので、その朝食も遅目だった。そんなわけで足尾町に向けて家を出たのは、十時近くになってしまった。

国道五十号で桐生市の出はずれから右折して一二二号に入り、足尾に向かうことにした。しかし、この先に食事処がうまい具合にあるかどうか心配だったので、以前立寄ったことのある手打ちそば屋に寄った。国道三五三号ぞいにある「古代そば」という店で、その名のとおり古びたたたずまいで、それが客の心を和ませるのだろう。少し昼食には時間が早いせいか、他に客はいない。それにお品書きが面白い。

「おそばをたしなむ方は一枚、お食事には二枚、通のお客様は三枚どうぞ。ただし追加注文はうけたまわりません」とある。

なるほど、と感心した。

四人で八枚を注文したが、そばの香りは深く、野菜の天ぷらも旨かった。


地図を頼りに「足尾歴史館」を探し当てた。

山の上に立てられた建物で、その名称からするとさぞ立派な建物かと思いきや、小さな事務所といった感じだ。

NPO法人の運営する施設で、入館料を支払うと「案内人を付けましょうか」と言う。ボランティアの方で無料だそうだ。

案内人の方は、足尾という町がかつてどんなところだったのか、分りやすく説明してくれた。

大量の銅の産出のおかげで庶民の生活は豊かになり、教育や文化の水準の高さ、先進的な社会的なシステムなどは、日本国内ばかりか広くヨーロッパにまで知られていたという。そしてこの町の動向は、国の政治や経済にまで影響を及ぼしたそうだ。

そのことは展示されている数々の展示品からもうかがい知ることができる。その中に一メートル四方くらいの一枚のパネルがある。最近、東京大学で発見された貴重な写真を拡大したものだという。田中正造（当時代議士）一行が、銅山から排出される有害物質の混入した水の浄化のために造られた施設の視察に訪れたときの写真である。当時、東京駅の駅舎建築に使われたものと同じ高級なレンガを、わざわざ足尾まで運び込んで作られたという。

田中正造は写真のほぼ中央に写っているが、当時流行の白い長いマフラーを首にかけ、タバコをくわえ大勢の役人、警察官等と一緒に施設を視察している様子である。

足尾というと、まず「公害」という言葉が頭に浮かぶ。そして関連して田中正造はボロをまとい不精ひげをのばした、映画「赤貧洗うがごとき」に出てくるような印象ばかりだった。しかし歴史館での説明で、私の先入観はくつがえされた。

足尾の鉱毒問題に発展して行く前の、のどかなすばらしい足尾町があったことを改めて知った。

息子達はメモを取りながら案内人に質問を浴びせていたが、頃合いを見て歴史館をあとにし、足尾ダムに向かった。

道幅が狭く、対向車が来ると所どころにある車よけで待ち合わせる。松木川をへだてた右岸に、崩れかかった製錬所の建物や高い煙突があるのが象徴的である。かつての栄光と公害の元凶となったこの建物に、何かしら言い知れぬ矛盾と虚しさを感じずにはいられなかった。

さらに車を進めてダム公園まで行く。そこからは、製錬所から発生した亜硫酸ガスによって、全ての樹木が枯れて裸山になった山肌の面影がしのばれる。

ダム公園から奥に行くと、今は廃村になってしまった松木村があるはずだが、交通止めの標識が立っていて入ることはできなかった。

帰る道すがら、車を止めて山あいの渡良瀬川をのぞく。吹き抜けてくる川風は、真夏の暑さから解放してくれる。思いがけず二男夫婦との一日、久しぶりに充実したひとときを過ごすことができた。

我が家の遺産

平成二十三年三月十一日午後二時四十六分、大きな地震が発生した。東日本大震災と名付けられた、東北地方を中心に想像を越える被害を蒙った。およそ千百年ほど前に起きたと言われる貞《じょう》観《がん》大地震と同じような揺れと津波だったとか。大勢の人の命が失われた。さらに心配なのが、福島第一原子力発電所の放射能漏れ事故の発生である。

板倉での揺れは定かではないが、震度六弱だとか。経験したことのない揺れは、大地が割れ、天地が逆転するのではないかと驚怖の四～五分間の長い時間だった。

このときの板倉町の被害は、屋根瓦の崩れた家が二百戸以上だったとか。ブルーシートに覆われた家々が目に付いた。

私の家でも昔養蚕に使い、現在でも住いとして使っている建坪五十坪（百六十五㎡）ほどの二階建の屋根瓦の一部が崩れ落ちた。修理しようか、それともいっそのこと取り壊してしまおうか、と思案した。

現在の建物では考えられないような大きな木材が使われている。三尺ごとに丸太の張りが三間半、通しで全部通っている。したがって、周囲の柱があるだけで部屋の中には一本も柱のない、大変使い勝手の良い造りである。

明治二十年生まれと言っていた祖母から、この建物にまつわる話を何度か聞かされていた。


私の五代前の先祖が、この家を倒産させてしまったようだ。悪事を働いたわけではなさそうだが、お人好し過ぎたのだろう。名主を務めながら散財してしまったらしい。詳しくは分からないが、我が家に残された古文書にそれらしい文書が何通かある。

もともと造り酒屋で、今の住いの西の元屋敷には酒蔵が幾棟かあり、水塚の上には立派な土蔵があったそうだ。祖母達は要らなくなった土蔵を壊し、木材を薪にして煮たきをしたという。その当時の名残りの大きな酒だるの丸いふたに足を付け、縁台にして最近まで使っていた。ちなみに現在の住いの場所は、お店のあった土地だという。


余談になるが、残された古文書には結構面白いものがある。資料としても価値のあるものも交じっているようだ。日付けが欠落しているので第二次資料だそうだが、谷田川周辺や利根川のことなども書かれている。

利根川が天明三年の浅間山の噴火で河底が八尺から九尺も高くなり、ときどき洪水があった。困り果て、赤生田を始め現在の明和町、板倉町内でも内蔵新田、離、細谷、大曲、大荷場、海老瀬など邑楽郡内二十四村の代表が連名で奉行所宛てに陳上書を提出した。浅間川の閉め切り計画への反対運動は、右岸での活発な反対運動は明らかになっていたが、左岸での資料は今まで見当たらず謎とされていた。その反対運動の全容が、この古文書によって明らかになった、と『波動』八号（町教育委員会発行）の中に紹介されている。

なかには夫婦げんかの仲介の記録、観音寺の所有する土地台帳、名主の委嘱状等々、興味深いものがある。


さて、祖母の話に戻るが、新三郎という先祖がいた。四代前の人で、写真が一枚残っている。私が六歳のときに亡くなったそうだ。記憶だと背丈は高く大男だった。四角い顔でゴツイ感じがする。力自慢で負けず嫌いで通っていたとか。ただ見かけによらず大の甘党で、いつも大きなブリキ缶の中にビスケットを買って置いて食べていた。しかし、大人の食べ物だからと私達にはくれない。いつだったか、そっと失敬して食べてみたら旨かった。それ以来ときどき失敬していたが、多分承知して食べさせていたのだろう。

この新三郎が、この家の再興を計り基礎を築いたと教えられた。

農閑期になると毎日のように谷田川に行き、河川敷の高台を見つけてはスコップでまわりの低い所の土を盛り上げて畑を作っていた。出かけるときには毎度のように、

「ひときっぱやってくるか。ボタモチをたいておけ」

と言ってはスコップを担いで出かけたという。

私が成人してから気付いたことだが、畑の呼び名がいろいろある。「かわっぱた」「やんなか」「さんかく」等々、その畑のまわりには必ず土を取ってしまった池があった。

新三郎がその畑に桑の苗を植えて養蚕を始めた。その蚕のマユが大変な高値で取り引きされたのを契機に一層精を出し、畑を作っては桑を植え続けた。

その甲斐あって生活にもゆとりができ、養蚕を拡大するために蚕室が必要になった。そして造られたのが、この建物だった。古河東の方の古屋を移築したそうだが、ここに建てられてからでも百年以上過ぎている。

世界遺産の話題がときどき出るが、我が家にとってはまさに貴重な遺産ということになる。

私は子供の頃から父に連れられて元旦には必ず初詣に出かけた。ドバシ（天神池）の西の土手の上で初日の出を迎え、そして谷田川の中の「伊勢ノ木様」を遥拝する。先祖が築き上げた畑を

お守りいただく感謝と今後のご加護をお祈りし続けてもう何十年にもなるが、これからも続けていくつもりだ。

我が家での震災復興にもかなりの出費を要した。が、この震災が先祖の業績の大きさとありがたさを知らされる、またとないきっかけになるとは思いもよらなかった。

五十年目も雪

その日は朝早く目覚めた。早いといっても私の朝の時間の感覚は少しずれている。だから早い予定の朝などはちょっとつらい。

ところが今朝は本当に早起きしてしまった。そして窓のブラインドを開けてみて驚いた。朝から雪が降りしきっている。寒さに身震いしながら身支度をする。天気予報では昼過ぎから雪になるはずだった。

ちょうど五十年前の今日、一月二十一日は温かい静かな良い天気だった。鎮守様の神前で結婚式を挙げたのだが、翌日が大雪になった。五十年経った今でも、この年の雪の日のことが語り草になっている。

結婚式の翌日は「ふたつめ」といって、嫁は婿を伴って実家に里帰りするしきたりがあった。

車のない時代なので、唯一の交通手段はバスである。一時間に一本、大通りを走るバスに乗り、嫁の実家に近いバス停で降りる。

ところがまず家からバスの乗場まで行くのが大変だった。嫁は爪皮を掛けた足駄を履き、蛇の目の傘をさして雪の降る中を二、三百メートル離れたバス停まで歩かなければならない。見た目にはまことに艶やかで絵になる光景だが、気の毒だ。二、三歩歩くと下駄の歯のあいだに雪が詰まりダルマのようになってしまう。その雪を振り落としながら歩かなければならず、どうにも様にならない。


さて今日は、その結婚五十周年を祝って子供達が東京見物一泊二日の旅行をプレゼントしてくれての旅立ちの朝である。電車の乗継ぎや時間、料金まで記されたメモと旅行の小遣いを一緒に渡され駅まで送ってもらった。

一日目の予定は歌舞伎見物ということだ。なにせ初めての歌舞伎であり、歌舞伎座がどこにあるのかも知らないが、教えられたとおり北千住で日比谷線に乗り換え東銀座で下車した。かなり深い地下を走っている電車なんだろう、地上に出る階段の長いこと。時間にゆとりがありそうなので左側をのんびりと昇っていると、若者達は一段飛ばしに追い越していく。東京の人って何てせっかちなのだろうと思いながらようやく地上に出る。

地上は牡丹雪が視界をさえぎり、銀座の街は雪化粧した北国のような風景である。この雪の中を、どこにあるか分からない歌舞伎座を探すのは大変だなと思いながら、首をすくめて歩き出す。目の前に二、三人の若者がいるので、近づいて「歌舞伎座は……」と声をかけようとすると、

「いらっしいませ」

とその若者に声をかけられる。どうしたのかと思って左手を見ると、私の立っている所はもう歌舞伎座の入口だった。

目的地に着くまでは、と少し緊張しながらここまできたが、ホッとすると今度は足元に寒さがしのび寄ってくる。開場までまだ小一時間はある。東京ってこんな寒い所なのか、どこかに暖かい場所はないものか探してみると、歌舞伎座の建物の奥まった所に小さなコーヒーショップが開店している。さっそく入ってホットコーヒーを注文する。朝食もそこそこに出かけてきたのでサンドイッチもつけてもらう。まわりを見ると、私達のように早く着き過ぎた人達だろう。すでに三、四組のグループがおしゃべりしている。

今日の出し物は、中村雁治郎改め四代目坂田籐十郎の襲名披露公演ということらしく満席のようである。席に着く前に音声ガイドを借り、開演前に歌舞伎を鑑賞するための予備知識を聞かされる。この説明は初めて歌舞伎を見る者にとっては本当にありがたいものだ。

今年の元日の夜、子供達家族が全員集まって、「金婚おめでとう」の会を息子の部屋で開いて

くれた。部屋の壁に半紙一枚に一文字ずつ書いて看板を作り、手づくりの料理での心のこもったパーティーだった。その席で歌舞伎座のチケットとホテルの予約券が贈られたのだ。そのときは少々戸惑った。歌舞伎だったら歌謡ショーの方が……と思ったくらいだった。

ところがこの音声ガイドの解説を聞きながら、長い伝統を持つ洗練された芸の素晴らしさに触れると、全く初めて歌舞伎を見る私にもその良さが伝わってくる。五幕の舞台中、二十分ほどの昼休みがあるだけで、五時間近い興行である。にもかかわらず退屈しない。

最後の舞台「曾根崎心中」のクライマックスでは私も悲劇のヒーローになってしまい、手に汗を握り身を乗り出していた。まさに息をもつかせぬ五時間だった。知らないこととはいえ、自分の無知が恥ずかしくなった。

満ち足りた気分で歌舞伎座をあとにする。

外はもう日も暮れ、日中の雪も雨まじりになっている。道路に積もった雪はシャーベット状になっていて滑りやすい。

今夜の宿は「ホテル西洋銀座」とのことで、歩いて十分ぐらいと言われていたが、足元が悪いのでそれ以上かかった。

フロントに着くと、

「小林さま、おめでとうございます。今宵はスィートルームをご用意させていただいております、どうぞごゆっくりおくつろぎください。係の者がご案内いたします」

と言うなり、そばにいたボーイさんが私達の荷物を持ち、待たせてあったエレベーターに同乗して部屋に案内する。「何なりとご用命ください」とボーイは帰って行く。

それにしても贅を尽くした部屋である。畳を敷くと八畳二間くらいの部屋が三部屋ある。まず広々とした応接間風の居間、寝室は全て白一色に統一されている。バス・トイレに洗面台の部屋がまた広く、それぞれの部屋にはシックな調度品が整えられている。

銀座のド真中にあり、東京のホテルの中でも最もサービスの良いというランク付けがされているだけのことはある。が気になるのは宿泊料金だ。

「チェックアウトの折にサインを頂けば結構です」と言われた。もったいないなあと思いながらも、せっかくのチャンスなので思い切りゴージャスな気分を満喫させてもらうことにする。

今日は長い一日だった。早起きして嫁に雪の中を駅まで送られ、慣れない電車の乗継ぎ、歌舞伎見物も長時間だった。そしてこのホテルに着き大きなため息をつく、少々疲れた。上着をぬぎベッドに横たわる。何かに吸い込まれそうな気分だ。目をつむると睡魔に襲われる。

頭の中を種々な情景が駆け巡る。過ぎ去った日々が走り抜けて行く。

五十年の歳月は、ひと言では言い尽くせないが、あっという間のような気もする。またずいぶんいろいろなことがあった年月だったという思いもある。

太平洋戦争も終わり十一年後に結婚した。

父が広島で被爆し、終戦となりようやく帰宅したあとも、その病との戦いで我が家の戦いは終わらなかった。高校卒業後も自分の好きな進路は選べなかった。今でも青春時代の思い出というと、精神的にも経済的にも父を背負っての毎日が思い浮かぶ。やむなく母を助けて農業に就いたが、当時の農家は人手だけが頼りであった。そんなことで私の結婚は、家の労働力としての期待が大きかったようだ。嫁とりの相手は、本人同士の仲より労働に耐えられるかどうかが大切な要件だったような気がした。

あるとき親戚の人が見合い話を持ってきてくれた。

「どちらかと言うと肌は小麦色ですね」

とその健康さを強調し、私の会ったこともない相手の女性の印象を両親に報告していた。言うならば労働力として最高の相手ですよ、と太鼓判を押しているようなもので、「おれは見合いはしないよ」と反発したものだった。

とにもかくにも見合いをさせられ、そして結婚した。

この時代、こんなことは珍しくも何ともなかった。今では想像もつかないことだが、お互いの家の都合で結婚させられていた例は少なくなかった。

そんな経緯はあったが、今にして思えば「割れ鍋に綴じ蓋」とはよく言ったもので、こんなことだろう。五十年も続き、そしてこれからもまだ続くと思う、いや続いてほしい。人生って意外とこんなものなのかもしれない。

人生にはいろいろな節目がある。真っすぐ天をつくように伸びる若竹にも節があるように。喜びや悲しみ、思いがけない節目、どうにもならない節目など終生忘れられない節目もある。この節目が多ければ多いほど、豊かな経験に裏打ちされた貴重な人生といえるのだろう。他人は気付かないような節目でも、本人にとっては耐えられないほど苦しいこともあるだろうし、また逆に人知れず笑みのこぼれることもあるだろう。大方は忘れ去られてしまうものだが、小さな邪魔にならないトゲのように、いつも気がかりの節目もあるものだ。

私にもそれなりの節目があった。

結婚後六年で祖母を送り、十八年で父を、そして四十年で母を見送った。母の看病中、妻はくも膜下出血で生死の境をさまよったが、幸い後遺症もなく快復した。家族が減るのはつらく、さみしいものだが、逆に三人の男の子に恵まれた。三人ともあまり苦労もかけず今日を迎え、五人の孫も元気に成長している。その孫達は子供達以上に自慢の孫である。

この間いろいろな賞をいただいた。これも私にとっては最高の名誉ある節目なのだろう。しかしその全てが大勢の皆さんに支えられてのおかげであり、心より感謝している。

平凡な日々の過ごせる人は幸せな人であると言われる。そうありたいと願ってきたが、そうならないのが人生なのだろう。夜も眠れないほどのくやしい思い、つらい思い、悲しい思い、淋しい思い、心配事など数えきれないほどあった。でもよくよく考えても解決できることはほとんどない。なるようにしかならないと開き直ってしまう。達観して向き合ってみると、何とかなるものだ。自分でもときどきずいぶんいいかげんな性格なんだな、と反省することもある。


チャイムの音で目が覚めた。ベッドに横たわったまま、まどろんでいた。どれほどの時間が過ぎたのか分からず、頭の中は朦朧としている。二男夫婦が迎えに来てくれたようだ。とたんに部屋の中は賑やかになった。二男の妻は何を見つけたのか、奇声をあげている。壁面一杯の大きな鏡に映った自分の姿を眺めながら、洗面台に置かれた種々な化粧品を手にしていた。このあと三男の家族と合流して夕食を一緒にとることになっていた。

東京駅前の電車のよく見えるレストランに予約がしてあった。ホームに出入りする新幹線は色分けられていて、どこ行きなのか分かるそうだ。新幹線が手に取るように見えて、子供でなくても楽しく夢がふくらんでくる。

懐石風に次々にめずらしい料理が運ばれてくる。

昨年の四月に生まれた三男のところの「ももちゃん」をこの座の華にしながら、ほどよく酔い、満腹になったところでお開きにする。

世話になったお礼を言うと、二人の息子から、

「おれ達がこうして自立できたのは両親のおかげなんだから、何も気兼ねすることはないよ。喜んでもらえてよかった」

と思いもよらない言葉が返ってきた。

近頃、涙もろくなったようだ。年齢のせいかもしれないが、今夜はそればかりではない。息子達のその言葉が身に沁みて目頭があつくなってしまい、次の言葉がうまく出なかった。

今日は朝から雪の降る寒い一日だった。にもかかわらず、私達の心の中はほのぼのと温かい思いの一日となった。そして終生忘れることのない貴重な節目の日になることだろう。

ホテルに戻るタクシーのフロントガラスには、もうワイパーは動いていなかった。

第4章

ふれあいの中に生きる

バナナとホタル

忘れてしまっていた、ずーっと昔のこと、幼い頃の甘ずっぱい思いが心の底でうごめいている。美化され淘汰されたシーンが、古びたモノクロ写真のように浮かび上がっては消えて行く。

少年は大変な忙しがり屋の両親、祖母と暮らすあまり裕福でない農家の長男に生まれた。物心付いてからある時期まで、両親と一緒に食事をした記憶がない。いつも箱膳の中にご飯茶碗と汁椀、それにぶこつな箸が入っていて、板の間に座って漬物と味噌汁くらいの食事を祖母と一緒にせわしなくとらされていた。

祖父が若い頃他界し、祖母は女手一つで少年の父達四人の男の子を育てたという男勝りで、よく世間の人々はほめ言葉ともつかぬ言い方で、

「口八丁手八丁だからなあ」

と言っていたそうだ。

少年は田植のときなど田圃の畦道で、いつも一人で遊んでいた。

あるとき、少年はひょんな調子で高い畦から下の田圃にころげ落ち、ドロンコになって泣きわめいていた。母は手に稲苗を持ったまま、田圃の奥の方から出てきて、近くを流れる川の水で少年を裸にして洗ってくれた。水が冷たかったのが忘れられない。

両親と一緒に麦刈りに連れて行かれたこともあった。草の葉を口にくわえて遊んでいるうちに、大麦の芒《のぎ》が口の中に入ってしまった。吐き出そうとすればするほど芒は次第に奥の深い方に入ってしまう。母が少年の口を開けて指を入れても取れないで大騒ぎになり、とうとう利根川の向こうから出張していたM医者の所に連れて行かれたこともある。

そんなことがあるなか、少年に弟ができた。家の中は今までにも増してあわただしくなった。

少年は隣の家に預けられることが多くなった。ときどき隣の奥さんから声をかけられて遊びに行っていたのだが、遊びにではなく預けられた。少年は少なからず不安でならなかった。そしていやがるのを祖母は無理やり連れて行った。

隣の家というのは、少年の両親達の仲人さんの家、と言うよりお宮の神主さんの住い、つまり社務所である。

戦争前（日支事変）のことなので、遠方からも一年中参詣者が絶えない。

隣の家にはT子という少年と同じ年齢くらいの子供とご両親、それに姉やと呼ばれるお姉さんが住み込みで雇われていた。お宮の掃除は毎日いく人かの職人が行い、他にお札売り場には専属のおじいちゃんがいた。


少年の毎日の生活は一転した。

食事は姉やがテーブルの上にご飯や味噌汁、それにいく種類もの料理を運ぶ。それを囲んでご両親、横にT子と反対側に少年が座って、手を合わせて食べ始める。なぜそうなのか分からないが少年も同じことをし、そーっと手を伸ばして食事をした。こんなにいろいろのおかずでご飯を食べたことなどなかったし、目を丸くするばかりだった。

遊びも全く変わった。あまり戸外に出ないで部屋の内だけで遊ぶ。

棒切れを振り回したり、泥ごねをするようなことは一切無い。その代わりいろいろな玩具があり、ままごと遊びや人形いじり、時には姉やが絵本を読んでくれる。

午後は必ず昼寝をさせられた。そして目が覚めるとオヤツが用意されていた。

丸い小さなテーブルの上にいつもお菓子や果物が載っていて、好きな物が食べられる。

あるとき、目が覚めてオヤツのテーブルの前に座ると見慣れない果物が出ていた。

二つの皿に別々に輪切りになった果物が二切れ、それに甘納豆が二、三粒並べられていた。

姉やが見守る中で、少年はおそるおそるその輪切りの果物に手を出した。何とも言えない甘さ、そして舌ざわり、口の中でとろけてしまう。

当時大変高価なバナナという果物であることを教えられた。

少年にとってあのほどよい甘さ、そしてとろけてしまう舌ざわりは、途切れ途切れに残っている幼い頃の、「不思議としか思えない別世界の生活」とともに思い出となって残っている。


太平洋戦争も終わり、世の中もいく分落ち着いた頃、少年は高校三年生になっていた。

少し離れた町のお祭り見物に出かけたときのことだ。

屋台でバナナのたたき売りをしている光景に出会った。もちろん今まで見たこともないものだから、それが「バナナのたたき売り」と言われていることも知らなかった。

威勢のいいおじさんがねじり鉢巻をして一房のバナナを片手で支え、片手で狭い板のようなムチで屋台をたたきながらどんどん値を下げていく。そして最後に、

「さあ持ってけ！」

と言ってその房を新聞紙に包んで見物人の前に差し出す。

人だかりがしていて、まわりからいろいろな掛け声とともに歓声が上がっていたが、なぜか少年には消息の分からなくなってしまったT子のことが気がかりでならなかった。


月日が流れた。

雨の降る日は別として、遊ぶのは屋外と決まっていたようなものだ。とは言っても、遊び場は天神様の境内か裏の「ひょうたん池」(みんなそう呼んでいた)のまわりぐらい、少し遠走りしても谷田川の堤防くらいのものだ。

どこの家にも子供は四～五人はいる。だから年上になると、弟や妹を子守しながら遊びに出かけることになる。しかし、子守しながらでも遊びに出られるのは、まだましな方だ。学校から帰るなり農作業の手伝いを言いつけられると、友達との約束があってもその約束は果たせない。だが誰も約束を破ったことに文句は言わない。それはいつ自分がその立場になるか分からないから、という変な思いやりがあるからだ。

夕方になると、どこで遊んでいた子供達もみんな天神様の境内に集まってくる。そこで「西か東かをやるべえ!」ということになる。

最初はジャンケンで負けた者が鬼になる。鬼は拝殿の前に一人残り、みんなは裏側のご神木の

所の隙塀《すきべい》の外に分かれる。拝殿前にいる鬼になった子供はできるだけ大きな声で、

「西《に》しいか東《ひ》があしか？」

とふしをつけて呼ぶ。反対側にいる子供達はあらかじめ決めておいて、

「東《ひ》があし！」（西と言うこともある）

と答えると、鬼になった子供は拝殿の東側から北に向かって走り出す。と同時に裏側にいた子供達は一斉に社殿の西側に向かって走り出す。

一周り五～六十メートルもある社殿の周囲を同じ方向に走りながら最初につかまえられた子が鬼、ということで決着がつき、また次のラウンドになる。

子守をしながら参加している子供は、すぐつかまってしまうし、鬼になって追いかけてもなかなかつかまえられない。そんなときには誰が決めたことでもないルールのようなものがあって、三度に一度くらいは見過ごして先を走る仲間を捕まえて鬼にする。

何度か繰り返しているとみんなくたびれてきて、一人減り二人減り、薄暗くなる頃には鬼になった子供まで帰ってしまってその日の遊びは終わりになる。

それは少年とT子が小学一年の初夏の夕暮れだった。

遊びの最中、少年とT子は途中でくたびれてしまって境内の東の少し離れた茂みの中に一緒に

隠れていた。大勢で遊んでいるので誰も気付かない。遊び疲れているせいもあって、そのまま
どろんでしまい、皆んなが帰ってしまったのも気付かなかった。

夜になっても二人とも家に帰らないものだから、親達は心配になり、

「神隠しにでもあったのでは……」

とちょうちんをぶらさげて探しに出かけた。

何やら騒がしい声に目が覚めた二人は、辺りが真っ暗闇なのに驚き大声で泣き出した。

親達に混じって一緒に遊んでいた友達までが探しに来てくれたのだった。

少年の父親は押し殺したような低い声で、

「いつまで遊んでいるんだ。蚊にさされなかったか」

と二人に手を差し伸ばしてくれた。

「うーん」

少年は鼻をすすり上げながらも、嬉しかった。

小さな汚れた手で涙をぬぐって見ると、下の「ひょうたん池」の辺りには数えきれない無数の
ホタルが思い思いに青白い光を放って飛び交っていた。

ホタルの季節になると、少年の心の中には今だにこの出来事が思い起こされるのである。

乱舞するホタル

中学一年生の頃、同級生の友人がよくお姉さんの話をしていた。優しくて弟思いのお姉さんらしい。宿題を手伝ってくれたり、身のまわりの面倒までみてくれたようだ。

うらやましくてその話をいく度も母にしたものだ。それに比べると、我が家には叔父がいるがただ忙しく、宿題に役立つ参考書もない。宿題を手伝うどころか、農繁期には学校から帰ると農作業の手伝いをするよう言い付けられる。

そんな折、幼かった頃、私に優しくしてくれた母の妹、叔母のことが頭をよぎるのだった。

母は女性ばかり七人姉妹の三人目だそうだ。

一番上の姉と末の妹の年の差は親子ほどもあったのだろう。母は三番目だが、末の妹のことをことのほかかわいがって面倒をみていたようだ。実家から近くに嫁いだので、その妹もよく我が家に遊びにきて私の子守をしてくれたり、農作業も手伝っていたという。

その叔母は当時としてはめずらしく一六〇センチを超える長身だった。色白で目鼻だちもよく、大衆の中にいてもよく目立っていたそうだ。

入学前の私は人見知りをする子供だったようだが、子守をしてもらっている間にその叔母になつき、本当の姉のように慕い甘えていた。叔母も少し年の離れた弟のようにかわいがり、面倒をみてくれていたとのことで、小学校入学後もときどき一緒に遊んでくれた。


その日の叔母は夕方になってから訪れたのだろうか、浴衣姿がよく似合っていたのを覚えている。

一緒に夕食を済ませ、天神様の公園に出かけた。

手を引かれ、暗がりを少し歩くと境内の裏に出る。

公園はそこから四~五メートル下がった所にあるのだが、見下ろすと公園の「心字池」の中ほどに浮かぶ小さな島に、薄暗い街灯が一基灯っている。そのあかりが余計に周囲の暗さを際だたせていた。その暗闇の中に小さな光が乱舞していた。ホタルだ。

狭くて暗い急な石段を足でまさぐるように降りて行くと、顔の前をホタルが横切って行く。

低く垂れさがった木の葉に止まって光っているホタルを、叔母は両手をそっと伸ばして包み込

んで、

「ホラ、つかまえたよ」

と見せてくれる。

両手で包まれたホタルは、弱々しい光を点滅させている。

「ホタルを触ると目が悪くなるってよ」

といつか大人達に言われた話を叔母にすると、

「大丈夫だよ　目は触らないから……」

と言いながら、次々とホタルを捕まえては逃がしている。そばで見ていた私もまねをして捕まえようとするが、なかなかうまくいかなかった。


叔母は手先が器用で和裁の師匠の免許を持っていた。気立てが優しく美人ともなれば、まわりの人達は放っておかない。年頃になると見合い話がいくつも舞い込んでいたようだ。農家の娘だから多分大きな農家にでも嫁ぐのだろう、とみんなが想像していた。

本人もそのつもりはあったが、運命の赤い糸は簡単に思うようには結ばれなかった。相手の男性が出征してしまい外地で戦死してしまった。婚約が整っていたわけではなかったようで、葬儀には喪服を着て陰で見送ったとの話をしばらくしてから聞いた。

月日は流れ、あるとき叔母の結婚話がまとまったとの話を聞いた。

私は複雑な思いだった。大好きな姉のような叔母が、知らない遠い所に行ってしまうのでは……と淋しく悲しかった。

幸い嫁ぎ先はあまり遠くない所だったのでほっとした。この辺りでは名の知れた雑貨商の跡取り息子が相手ということだが、どんな人だか知る由もない。ただ我が家と叔母との関係を承知したうえでのことなのか、叔母のご主人は頻繁に我が家を訪れるようになった。特に私の父親とは気が合うらしく、いつも夜遅くまで話し込んでいた。叔母のことが気になってはいたが、そのことを口にする必要はなかった。というのは、

「うちの〇〇子は云々」

と、家庭内の話をよく聞かされたからである。

持ち前の明るく気さくな性格で、叔母は大家族の中にも自分の居場所を確保し、しかもいつしか大店のおかみとして商売を盛り立てていた。

しかし、今思うと叔母のご主人の死は早かった。息子が跡を継ぎ、今度は孫の成長を楽しみに毎日を送っていた矢先に亡くなられたのだ。ご主人を見送った叔母も、間もなく病魔におかされ

てしまった。

病院での長い入院生活のあいだに何度か見舞いに伺ったが、そのたびに私が幼かった頃の様子を病室の天井に目を凝らしながら話してくれた。私が叔母を大切に思い慕っていた以上に、私のことをかわいがってくれていたことを言葉のはしはしに感じ、本当に嬉しかった。

叔母の死は、私の心の中に塞ぎようのない大きな穴を空けた。永遠の別れは言葉にはならないほど悲しかった。

私達は日頃いろいろな別れを経験している。その淋しさ、悲しさはその当人でないと分からないものだ。

「去る者日々に疎し」と言うが、全てがそんなに簡単に忘れられるものではない。思いが強ければ強いほど、深ければ深いほどなおさらのことである。

幼い頃、叔母に連れられて見たホタルの乱舞する光景が、きのうのことのように思い出される。

半夏生

ゆきおは、毎日いくつかの道路を、いくとおりにか組み合わせて高校に通っていた。

時間にゆとりのあるときは、少し遠まわりになっても、友達のたくさんいる道の組み合わせになるし、寝過ごしたときなどは、近道をして自転車をとばしていく。

家から学校までの道のりは、近道して約十二キロ、四十分ほど自転車に乗るのだが、日によっては一時間以上かかることもあった。帰りの道順は、一緒に帰る友達によって決まるが、たいてい遠まわりになることが多い。

時には草ぼうぼうのあぜ道を、ズボンのすそをまくり上げて、自転車のペダルを片方ずつ蹴るようにこいで帰ることもあるし、あるときなど、Y川の堤の上まで帰ってくると、すばらしい月が東の空に昇り始め、見とれているうちに時間の経つのを忘れて、家で叱られたこともあった。

ゆきおの組み合わせる道順の一つに、K会社の事務所の横を右に曲がって登校するコースがあった。

この道は、あまり人通りも多くないので、わき見をしながらでも自転車に乗れる。英語の単語などを憶えながらいくときには、自転車のハンドルにひじをのせて、両手でカードをめくりながら走る。

四月の半ば頃だったろうか、ゆきおはラジオ講座のテキストを読んでいて、道にこぶし大の石ころがあるのに気付かず、その石に乗り上げて、思わぬ不覚をとったことがある。

蛙でも叩きつけたように、砂利道の上にいやというほど放り出された。

テキストの表紙に、猿の絵が書いてあったのを覚えている。

しばらく立ち上がれないでいると、「くすくす」と笑う声がする。立ち上ってまわりを見ると、K社の井戸端のポンプでバケツに水を汲んでいた女の子が、顔を伏せて笑っている。

ゆきおは、はずかしくて、夢中でテキストを拾い上げると、一目散にその場を立ち去った。

それからしばらくのあいだ、そのコースは意識的に通らなかったが、ある日のんびりとK社のわきの道を曲がろうとすると、このあいだ笑っていた女の子がバケツに水を汲んでいる。

このあいだは気付かなかったことだが、おさげ髪を背中までたらし、笑うと目がなくなってしまうような、いかにも人なつこい感じの子だ。

ゆきおは自分の顔がみるみる赤くなっていくのが分かるような気がして、急いで自転車をこいで走り去ったが、授業中も、家に帰ってからも、その子のことが気になって仕方がなかった。どちらが先に言葉をかけたのか覚えてないが、ゆきおの通学するコースは、いつの間にかこのコースに決まってしまった。

密かな期待で胸を弾ませながら、K社のわきの曲がり角まで来ると、必ずといっていいほど、その子はポンプで水を汲んでいる。そして目と目が合うと、白い歯をのぞかせながら「おはようございます」と、長いおさげ髪を揺する。

ゆきおの顔のほてりは、学校に着いても消えないほどであった。しかし逢えなかった日などは、一日中あの子はどうしたろうか……と気になって仕方がなかった。

長い梅雨が明けて、初夏の太陽がまぶしく輝きだした。

夏休み前になると、いろいろなテストが始まる。テストさえなければ、学生ほどいい身分はないと、つくづく思う季節である。

期末テストの日程発表があり、どう数えても勉強する日数が足りない。そうなると、登校、下校の時間も惜しくなって、参考書が手から離せなくなる。そんなときでも、ゆきおはK社の近くまで来ると、いつもの子はいないだろうかと、胸が高鳴るのを抑えきれない。

そんなある朝、いつもの子がK社の曲がり角の道路わきに立っている。そして自転車に乗ったゆきおに黙って一枚の紙きれを渡すと、振り向きもしないで事務所の中に姿を消してしまった。

あまりに突然のことなので、いったいなんのことか、ゆきおには分からなかった。しかし、この出来事が、あの子との最後の逢瀬になろうとは思いもよらなかった。

手渡された紙きれには、ただ

さようなら…。

K.

半夏生

とだけ書いてあった。

背広もネクタイも要らない

何はともあれホッとした。

今までの立場、責任の重さを考えれば考えるほど、その職を退いた安堵感は一入である。不都合が生じた場合、その責任が負えるだろうか。就任したときから気になっていたことだが、近頃の世情の中でますますその不安は高まっていた。

辞任を決意した時点である友人に報告すると、

「それはよかった。無事卒業できるのですね。おめでとう」

との返事である。ちょっととまどった。ほかにもっと言いようがあるのでは……。だが、あとになって気付いたことだが、内情をよく知る人でないと出ない、思いやりのある言葉だった。

ほんの二〜三時間前の会議で辞意を表明した。

それに対していろいろな発言があった。なぜ突然なのかとか、無責任であるとの意見である。それに関してのコメントはせず、ただ「加齢のためです」と鋒先をかわした。そして何かで読んだことのある「下山の哲学」について話した。それは今後の自身の生き方についてのメッセージであり、他人を説得することより自分自身が納得するための決意表明の意味が大きかった。

「下山の哲学」というのは人間の生きざまを登山に例えての話である。

――いつの時代にも山に登る人々はたくさんいる。

有名な言葉に「そこに山がある。だから登る」というものがある。古来、人間は高い所にあこがれ、山は神の宿る神聖な場所として信仰の対象になってきた。そこで山に登るときには身も心も清め、脇目も振らず頂上目指して登るのである。

登山というのは頂上を極めたあと、ふもとまで無事たどりついて初めて終了となるのだが、下山の途中での事故も多いと聞く。頂上を極めたあと気が緩みがちなのか、下山するときの方が注意が大切だと言われる。

しかし一方、登るときには気付かなかった素晴らしい下界の景色も眺められる。足もとに目をやると小さな石ころや可憐な野の花にも出会える。慎重な足どりのうちにもゆとりをもって山を下ることによって、そこにはまた新たな感動が味わえるという。

まさに登山は人生の縮図と言える。

若い頃は命がけで働き、子供達を育てる。そして心にゆとりができると、少しは世の中の人々と交わり役に立ちたいと頑張る。しかし、誰もが自分で折り返し点を定め、山を下るものである。

このたびの辞任で「下山の哲学」にならい、今後新たな感動を求め、穏やかな毎日を送ろうと思います――

と結んだ。


複雑な思いがまだ残っていたが、ともあれ肩の荷を下ろした感じで自宅の茶の間で一人でお茶を飲んでいると、電話がかかってきた。Tという若い職員からである。

「これからうかがってもいいですか」

という。何ごとだろうと思ったが、断る理由もないので承諾する。

間もなく現れたTは、顔を見るなり、

「ずいぶんホッとしてらっしゃいますね」

と勝手なことを言う。大きなお世話だが、正直そのとおりなのだ。

「そんなことないよ」

と答えると、だって顔がほころんでいると言う。しかし、少し格好悪いかなと思い、

「だけどこれからは毎日会っていた君達の顔が見られなくなると思うと、少し淋しいな」

と付け加える。

「いつでもいらっしゃってください、好きなコーヒーを入れますから」

「それはありがたい」

他愛のない会話を交わしていたが、Tの訪問はそんな会話をするためではないことは想像できる。というのは、いつも何かを訴えたい目をしていたのを思い出したからである。それにいつか、

「空いている時間ありますか」

と言われていた。

しかし、今こうして辞意を表明してからでは、話を聞いても何の役にも立てないことはおそらく承知の上だろう。

相撲に「死に体」というケースがある。取組の途中、一連の流れの中ですでに自力で自分の体を支え切れない状態のことを言うそうだが、今はその死に体と同じである。しかしTは、そんなことなど一切関係ないといったふうに話している。いや訴えているととらえる方が適切かもしれない。

職場の雰囲気、他の職員との軋轢、自分の立場などひととおり話すと、相談できるかたがいなくなってしまう職場にはいたくないので辞めようと思います、としきりに涙を拭いている。

「バカなこと言うんじゃないよ」

となだめると、一層こみあげてくるのだろう、話にならない。

どのくらい時間が経っただろうか。震わせていた肩の波も落ち着き、深く息を吸い平静に戻ろうと気を使っている。頃合いを見て、

「誰でも、どこにいても、生きている限り人間関係にはみんな苦労しているもので、決して自分だけではない。自分でその障害を乗り越えないと、いつになっても同じことの繰り返しになってしまうと思うよ」

諭すように語りかけると、

「私も強くならないと……とは思うのですが……」

とようやく顔を上げてくる。

そういえばTは、この立場で最初に面接して採用した職員の一人だったかもしれない。いわば同期生のようなもので、何となく話しやすい気がしてときどき声をかけることもあった。

Tも単に上司という意識だけでなく、いろいろと意見や苦情を持ち込んできたりしていた。

突然のTの訪問はありがたかった。一人でお茶をすすっていたときには明らかに空いていた心の穴に、薄い膜が張られたようなそんな気分になっていた。

同じような経験をしている人は結構いるようで、ちょっとしたきっかけで立ち直った話をいつだったか聞いたことがある。

その人は、事情があってやむなく仕事を辞めたそうだ。うつろな気持ちに耐え切れず発作的に一人で旅に出てしまったが、どこに行くあてもない。まさに放浪の旅だった。そのとき、道路わきにたたずむ一人の少年を見て、ハッと我に返ったという。囲りの人達に大変な心配をかけてしまったが、その出来事が生涯忘れられない転機となったという。

生きるということは、さまざまな転機を積み重ね、なおも前へ進んで行くことなのだろうか。

ひとしきり話し終えると、Tの顔も普段の明るさを取り戻していた。

時間はもう七時を過ぎている。妻のすすめるサンドイッチを頬張り、温かいお茶をすすると、お互いに笑顔になっていた。

何だったのだろう、辞意を表明した会議が終わってからの時間、心の中に矛盾したふた筋の流れが同時にほとばしっていた。大きな仕事を大過なく終えたという安堵感と、もう一方では任期半ばで放棄した無念（？）。その二本の流れが、今はひと筋のやさしいせせらぎのように流れ去って行く感じだ。

温かいお茶は、心まで和ませてくれる。さっきまでの何かに憑かれたような気分から解放され、深刻だった話題から軽妙な語り口での話になってきた。

「私のことばかり辞めるなと言っておいて、さっさと勝手に辞めてしまうなんてずるい」

Tは視線を伏せたまま、いたずらっぽくつぶやく。

たしかにかたちはその通りだ。しかし内容は違う。そのことはやはり正確に説明しないと「ずるい」という言葉の答えにならないと思った。ただ心の裏側まで説明するにはまだ少し整理がついていない、そこで、

「まず任期があることは知っているだろう。一期が二年、その任期を何度か再任されてきたけど、今回はその任期を一年残して辞めただけで、当然のことなんだ」

それ以上のことは言葉にはしなかった。

「比べられる性質のものではないが、あなたの辞めたい理由には無理があると思うよ」

「…………」

「話は分かるがあなたは辞めてはいけない。将来この職場を背負っていってほしい。そのために頑張らないと」

と命令するように言うと、難かしいとの返事。

「難かしいならトライする価値があるのじゃないかな……」

そんな会話をしているうちに、くよくよするのが馬鹿らしくなってきた。

もしかすると、Tはそんなことを計算の上で訪問してきたのかもしれない。だとすると、もったいない部下だったことになる。もしそうでなくても、結果的には落ち込みかけていた心に喝を入れてくれたわけで、感謝しなければならないのだろう。

数日が過ぎた日の午後、友人から電話が入った。

「辞めたんだって。もう背広もネクタイも要らないね。暇になったろうからゴルフに行こう」と一方的にプレーの日と時間を告げると電話を切ってしまった。幸い何の予定もないので行くとするか、と腹を決めた。

いつだったか、友人達に暇になったら毎日でもゴルフをやりたいね、と宣言していたのを覚えていてくれたのだった。

そう言われてみれば、本当に背広もネクタイももう要らないのだ。今までは朝、目が覚めるとまず予定表を見る。そんな生活が何年いや何十年続いたろう。そして、今日の会合にはこの背広にこのネクタイと決める。そんなたくさんあるわけではないが、相手方に、またまわりの人達に失礼のないように身だしなみだけは、と心がけてきた。しかし今、予定表はほとんど空欄である。

好きなときに今度はプレーできるのだから、背広とネクタイのかわりに新しいゴルフクラブを買おうか……。

手打ちそば――余聞――

昔から景気が悪くなると「おそば屋さん」が増えるそうだ。その理由は誰でも簡単に開業できるからということらしい。そのせいでもないだろうが、近頃、「手打ちそば」の看板が目立つような気がする。

私達が子供の頃は、うどんやそばは米の飯《めし》の代用食だった。米の飯が腹一杯食べられないものだから、うどんやそばを打って空腹を満たしたのだった。なかには生来うどん好きな人もいたが、子供達は大方めん類は嫌いだったようだ。

私も嫌いな食べものはそばにうどん、そして麦飯だった。

中学一年に入学して間もなくの頃、昼食の時間になると担任のS先生は必ず生徒の食べている弁当を見て歩く。太平洋戦争の末期、昭和十九年四月頃、日本の食糧不足は深刻だったが、我が家は米作り農家なので多少ゆとりがあったのだろう。「バッカリ飯」と言って大麦ばっかりの飯しか食べられない家も珍しくなかったようだが、我が家では何とか四分六（米六割）の飯が食べられていた。

私が麦飯を嫌いなことを知っていた母は、麦の混じらないようにして米のところだけを弁当箱に詰めてくれていた。担任の先生は、その白い飯を毎日見ていたのだろう。ある日弁当の時間が終わると、

「小林、学校で一番楽しい時間は何の時間だ」

と質問するものだから、さては先生はおれに弁当のことで何かを言わせたいのだなと先生の気持ちを読んだつもりで起立して、

「ハイ、弁当の時間であります」

と答えた。

「コラ！　何を言う。そんなことではいくさに勝てないぞ。少し立ってろ！」

との宣告。失敗したなと思ったがあとの祭りだった。「数学です」とでも答えていれば、こんなことにはならなかったのにと後悔した。

そんなことだから、麦飯とうどん類は家ではあまり食べない。母はいつも心配していたようだった。

しかし食べものの好みは年齢とともに変わるもので、いつの頃からか定かでないが、麦飯は嫌いだがめん類は好きになった。特に手打ちそばは格別である。

ある時期、勧められて公民館主催の「料理教室」に参加した。その教室の中で手打ちそばの時間があり、初めてそば粉を手にしたのが興味を持つきっかけになった。そしてあるとき、友人と昼食に手打ちそばを食べに行くことになり、プロの味に開眼させられた。

そのお店で出されたもりそばの色、ところどころに見える黒い斑点、程良い太さ。割箸でひと箸つまんだときの感触とでも言うのだろうか、そっとつゆをつけてひとすすりすると、口の中に得も言われない風味が一杯に広がる。しっかりとした歯ごたえとのどごしの良さ、実にうまかった。

この風味、食感っていったい何なのだろう。そば粉の持つ味？　だがそればかりではない。そばを打つプロの技などいろいろな要素が互いに補い合って醸し出されるうまさなのだろう。そして自分でもこんなにもうまい味のそばを何とか打ってみたいと思うようになっていた。

しばらく後に公民館でそば屋の店主が手打ちそばの手ほどきをしてくれるという話を聞き、さっそく受講を申し込んだ。

講師の先生は古河市で手打ちそばのお店を開いていて、休日に二週にまたがっての講座だとのことだ。

まずそばの歴史から始まり、そば粉や道具の選び方、木鉢（手でそばをこねる方法）、のし、そして包丁までひと通り説明があり、その後実際にそばを打つ。先生に手伝っていただき、そのときは何とかなった。しかし後になって自宅で打ってみると、どうにもならないというかお手上げである。とうとう先生のお店まで出かけて行き、そばをいただきながら客の途切れるのを待って教えていただく。結局、二回出かけた。今考えてみるとさぞ迷惑だったろうと反省しているが、基本のところはこの先生の教えを今でも忠実に守っている。

迷惑をおかけしたおかげで、家に帰って四分六の割合で打ってみると、つながった。先生のそばと比べるべきもないが、初めて自分一人で最初から最後まで手をかけたそばが食べられたのだから嬉しかった。

その後、暇があるとそばを打ち、家族に試食をさせた。家族みんなそば好きなので、表向きは苦情は出なかった。しかし口には出さないが、かなりあきれられていたのかもしれない。

その後、館林で十割そばを提供しているお店の店主が指導に来られ、生粉《きこ》打ち（そば粉十割）も体験した。そば粉を厳選し熱湯でつなぐ。ポットの湯が冷めているだけで、もうつながらない。ちょっとした手抜きで味も形も変わってしまう。いろいろと条件の違う粉や割合の異なるそばを打つときには、特に手抜きは絶対にいけないという大変貴重な体験をさせていただいた。

平成十四年に近所の手打ちそば愛好家のグループが誕生した。発足時の会員数は十五名。グループの名称は「そば道場」。指南役がいるわけではなく全員が門弟である。ただ門弟の資格は公民館主催のそば打ち教室を優秀（？）な成績で修了した者で、年齢制限はない（ただし男性のみ）。

究極のそばの味を求めて時折研鑽を積み、時にはそば打ちボランティア活動を行い、食べてくださる方々に喜んでいただきながら腕前を上げていこうという大変ユニークなグループである。

不定期だが月に一度ぐらいの例会でそばを打ち、試食しながらお互いのそばを評価し合う。時にはそば粉の割合の違う粉を用意してその割合による味の違いを確かめ合う。五対五、六対四、七対三、八対二など分担して打って、茹で上がりを全部試食してみる。そば粉の多い順にうまいのかなあ……という話になったが、七対三の味にかなり高い評価をした人が多い。いずれにしても今後外食する際にはおおいに役立つことだろう。

先日、私はそば粉十割のそばを打ち、家族に試食させた。ところが大変に不評だった。

「これはどこのコンビニのそば？」

と言われがっかりした。私の技術のせいなのか粉のせいなのか分からないが、食べてみるとたしかに香りがない。ボソッとしていてのど越しが良くない。自信をなくしてしまった。

そば粉はふるいにかけて選別し、熱湯を加水して箸でかきまわしてまとめ、玉を作った。実に良い香りが立ち込め、さぞ旨いそばになるだろうと期待して打った。つながり具合もまあまあだった。たぶん加水（熱湯）した時点で香りが逃げてしまったのだろう。

後日、私は会津に旅行に出かけた。旅行業者が昼食にうまいそばを用意したと言うので期待していた。店構えもそれらしく、格式を感じさせられる部屋に通され、間もなくもりそばが運ばれてきた。色は少し黒い、いけそうである。一口すする、が香りがしないし喉にひっかかる感じがして、何かが違う。帰りがけに主《あるじ》に聞いてみると、会津の地粉を使い熱湯でつないだ、とのことだった。このあいだ、私が家で十割そばを打ったのと同じなのだと意外な所で納得したことがある。

平成十六年から「そば道場」のみんなでそばの栽培にも取り組んでいる。面積は四アールほどだが、いざ手掛けてみるといろいろと問題があるものだ。まずそばを播く畑である。そばの生育に適した畑の条件は排水が良くてあまり肥沃でないことだが、この辺りには本来の畑というものは非常に少ない。陸田という灌水施設を持ち、むしろ保水の良い構造になっていて全く逆である。しかも大変に肥沃で、こんな土地で倒れないように草丈を短くするには播種時期を遅くするとよいという話を聞いた。そこで九月の始めなら……ということで播種したが、発芽しない。播種直後、大雨に降られたせいだろうと播き直したが、また発芽しない。もしかして、と別の種子を入手して播いたところ三日で発芽した。だが予定より二週間遅れの九月中旬発芽なので実るかどうか心配だった。特に台風による大雨も多く、ときどき水浸しになっていた。しかしたくさんの花が咲き、ほっとした。

まわりの人達からは、「いい加減にしないか……」とあざけられているようだが、もう真剣だった。せめて一度でいいから本当の地粉でまぎれもない新そばを味わってみたいという意気込みでそばの栽培を始めただけに、花盛りになったときは嬉しかった。

しかし心配事は次々と起こる。せっかく咲いた花に実が着かないでしぼんでしまう。無数に咲いた小さな白い花の内で、ほんの何個か堅そうな粒が見える。やはり播くのが遅かったのだろうと諦めていたが、あとになって書物を読んでみると、咲いた花の数の十四〜十五パーセント結実すれば上出来なのだそうだ。

とにもかくにも一喜一憂しながら手間ひまかけた末にようやく新そばができた。粉にしたら約六キロ。殻だけを簡単に除いて引きぐるみにしたので色が少々黒い。

十二月の半ば、その粉を使ってそば会を開いた。七対三で五百グラムずつ全員が打った。黒い。茹であげてみると石炭のように黒く光っていた。おそるおそるといった感じで箸を持つ。水を回すときからそばの香りはしていたが、いざ食べてみると新鮮なそばの香りが口一杯に広がり、本当の新そばの味に全員が酔いしれている。誰からともなく、「うん、うまい」と声があがった。

「本物はやっぱり違うよなあ」

と口々に同じ言葉が出る。苦労が報われるとはこういうことなのだろうと実感した。

うまいそばは「三たて」だと言う。「挽きたて、打ちたて、ゆでたて」とか。

味にこだわるそばやさんは、粉に挽いて一週間以上たつと使わないそうだし、もりそば二十枚分の粉を鉢に入れて加水から二十分で仕上げるそうだ。二八そばを茹でる時間は、熱湯に入れて五十秒。手早くぬめりをとって、氷水でしめる。これなら文句なくうまい。

おいしいそばとは、

「腰が立って歯切れが良く、ピンとしていながら上前歯と下くちびるで軽く押さえるとプッツリ切れ、香りがのどの奥に残るようなもの」(藤村和夫)

だそうだ。

前途ははるかに遠いことを痛感させられる。まさに名言である。

古文書目録　（平成27年9月　小林新内作成）

元号	資料番号
天文	29　61
延宝	213　215　218　219　＊土地台帳、観音寺分3反7畝19歩
元禄	25　30　＊墓碑あり
正徳	201　＊墓碑あり
享保	77　52　55　94　40　＊墓碑あり
寛保	15　＊墓碑あり
延享	＊伊勢ノ木の碑「お伊勢様」　＊墓碑あり
寛延	5　44　64　65　63　＊谷田川洪水
宝暦	16　155　＊忠兵衛名主　＊墓碑あり
明和	157　＊墓碑あり
安永	35　＊墓碑あり
天明	16　55　＊墓碑あり
寛政	27　＊谷田川洪水
享和	100　＊墓碑あり　＊酒造証文
文化	87　3　53　42　156　72　33　＊鴻巣土手258間　＊墓碑あり
文政	17　23　32　103　58　59　75　101　86　154　8　＊新五郎へ5畝11歩譲渡
天保	152　37　79　14　38　9　2　6　20　222（『波動』8号表紙・特集）　223　＊新五郎名主　＊三國流酒造り
弘化	93　96　＊神社西を医者に貸す年3分（月割）
嘉永	200　24　39　132　105　62　97　136　＊高鳥天満宮造営　＊宮西店居抜き金八両
安政	26　85　8　18　92　103　105　35　90　＊大々神楽開始　＊ドバシ水神宮　＊墓碑あり
万延	22
文久	4
元治	103　104　141
慶應	57
明治	85　144　175　118　34　43　20　73　78　130　134　138　209　210

◀古文書は封筒に入れて、資料番号を振って整理

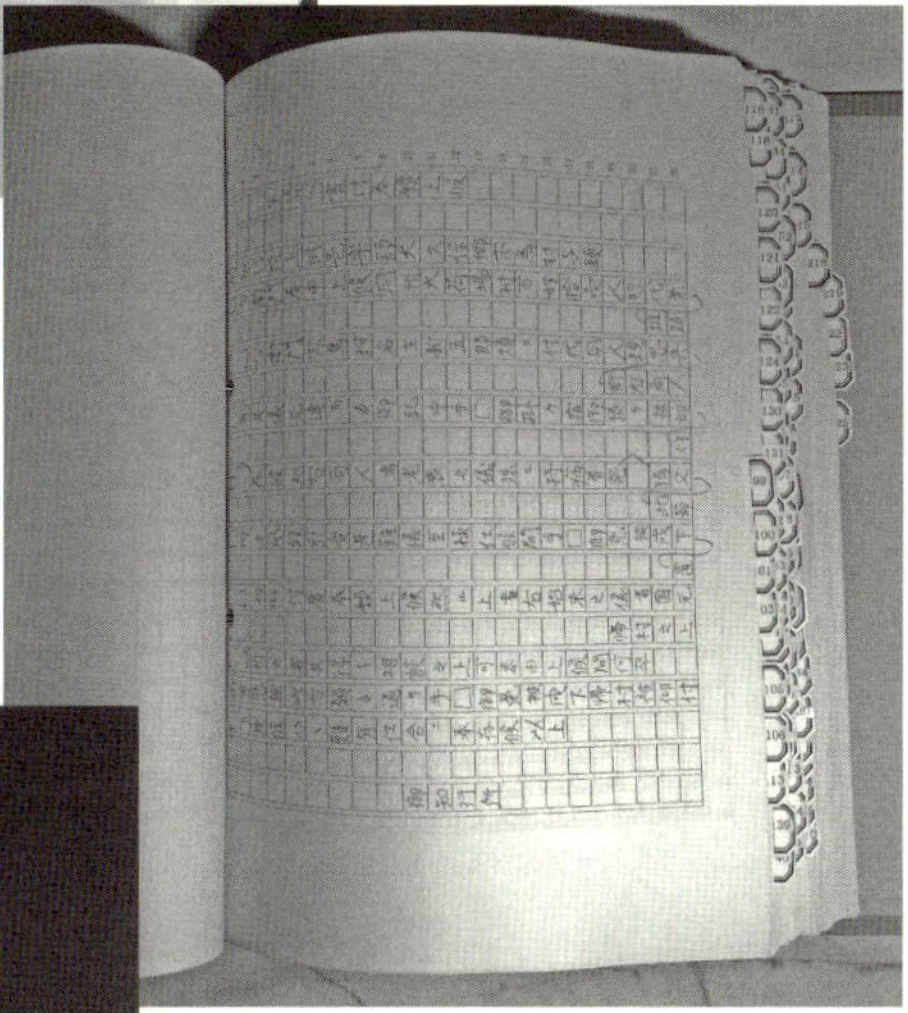

▶それぞれの古文書は、解読してファイリング

◀『文化財調査研究誌　波動』８号（板倉町教育委員会、2004年）の表紙に古文書の写真が使われ、特集される

西暦	平成	
1990年	2年	孫・萌誕生　町農業委員２期目　関東管区警察局長表彰
1991年	3年	敏史・ゆかり結婚
1992年	4年	康秀・晶子結婚
1993年	5年	孫・空誕生　孫・光季誕生　町農業員３期目
1994年	6年	世帯主・経営主を信哉に移譲
1995年	7年	緑白綬有功賞受賞
1996年	8年	和子くも膜下出血手術
1997年	9年	母・チヨ死去
1998年	10年	15行政区区長就任　板倉町区長会会長就任
2001年	13年	板倉町社会福祉協議会会長就任　国勢調査関係総務大臣賞受賞
2002年	14年	群馬県功労表彰　警察庁長官表彰　そば道場発足、会長就任
2003年	15年	板倉町文化協会会長就任　群馬県警察本部長表彰　少年補導員退任
2004年	16年	孫・もも誕生
2006年	18年	金婚式（歌舞伎見物）　上毛新聞「オピニオン」1年間執筆
2008年	20年	15区長寿会会長就任
2009年	21年	社会福祉協議会会長退任
2011年	23年	信哉　群馬県農業経営士認定 康秀　ソニー・コンピュータエンタテインメント退社後、スマイルコネクト・イー株式会社社長就任
2012年	24年	敏史　ほんの森出版株式会社社長就任
2013年	25年	紀美子　群馬県生活アドバイザー認定
2019年	31年	高鳥神社氏子総代会長として神社本庁表彰

小林新内関連　略歴

西暦	昭和	
1931年	6年	新内誕生（9/4）
1935年	10年	弟・圭二誕生
1938年	13年	小学校入学
1941年	16年	妹・信子誕生　太平洋戦争開戦
1644年	19年	妹・洋子誕生　館林中学校入学
1945年	20年	信子死去　太平洋戦争終結
1948年	23年	妹・幸子誕生
1950年	25年	館林高校卒業
1956年	31年	新内・和子結婚（1/21）
1957年	32年	長男・信哉誕生　群馬県蚕桑研究大会優勝、全国大会出場
1960年	35年	二男・敏史誕生
1963年	38年	三男・康秀誕生
1966年	41年	全国農業コンクール農林大臣賞・名誉賞受賞
1968年	43年	少年警察協助員委嘱
1970年	45年	板倉南小学校PTA会長就任
1971年	46年	板倉町社会教育委員会議議長就任　板倉町中央公民館運営審議会会長兼任
1972年	47年	板倉中学校PTA会長就任
1973年	48年	「土くれの会」発足　機関誌『土塊のささやき』創刊
1974年	49年	父・新一死去　群馬県農業経営士認定
1975年	50年	母屋新築
1976年	51年	キュウリハウス建設
1981年	56年	板倉ゴルフ場用地に伊勢ノ木の土地貸与
1986年	61年	館林地区少年警察協助員会会長
1987年	62年	信哉・紀美子結婚　板倉町農業委員就任
1988年	63年	孫・信貴誕生

家系図　明治～大正～昭和～平成

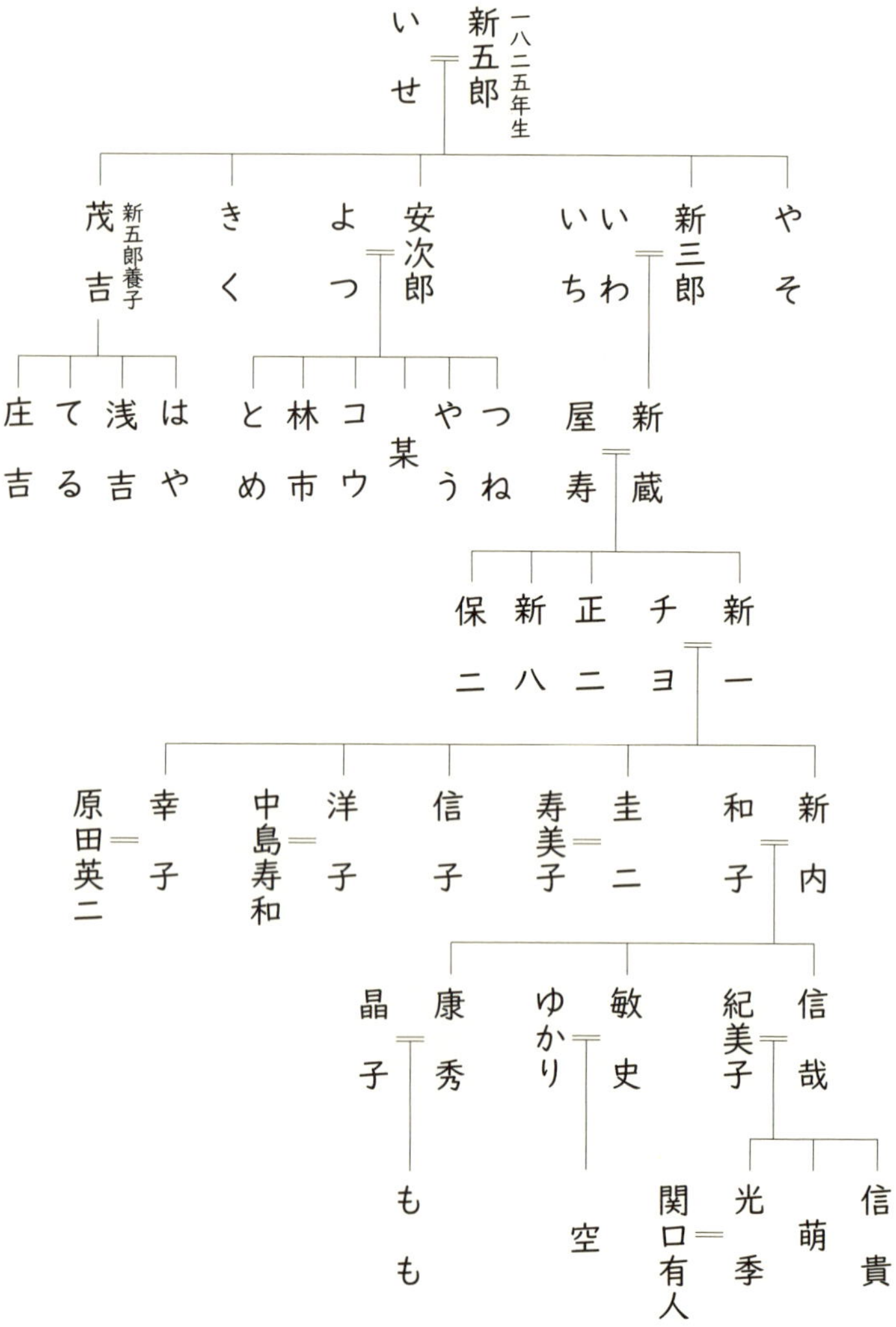

オピニオン21

視点

いじめ問題

板倉町文化協会長

社会全体で対応考えて

小林《こばやし》　新内《しんない》　板倉町大高嶋

新聞やテレビで子供たちのいじめや自殺、少年を巻き込んだ事件が頻繁に報道されている。

痛ましい限りで、こうした問題は何とかならないものか、早くどうにかしてほしい、と大勢の人々が願っていることだろう。

それにもかかわらず、問題や事件が後を絶たない。もちろん、さまざまな背景が絡み合ってのことだろうとは思うが…。

いじめの問題は、今に始まったことではない。少年の問題だけではなく、大人の社会でも、人間以外の動物の中でも、必ずといっていいくらいに起きている。

私は、いじめについてのニュースが流れるたびに思うのだが、私たちが子供のころにも身近なところで、ときどき起きていたように思う。ただ、現在と違うところは、良いか悪いかは別として、その対応の仕方だったような気がする。

家庭も学校も、世の中の人々も、あまり神経質ではなかった。いや、神経質にならなかった。そして、あまり世間の話題にもならないで消えていってしまった。

私も一度だけ、いじめに遭ったことがある。今、この年齢になっても覚えているということは、そのとき、かなりこたえたのだろうと思う。

小学四年生だった。教室の片隅で二、三人の同級生にからかわれた。そのうちに、ちょっかいを出すやつがいて、私は涙をこぼしながら耐えていた。ところが、その涙がからかいの種にされる。からかっている側は面白半分で、いじめているとは思っていないのだろうが、からかわれている側はいじめを受けている、深刻にいじめられている、と感じていたのだ。このことは、先生にも両親にも話せなかった。「意気地なし！」と言われそうで、それが悔しかった。

ある日、いじめられている最中、一番意地悪をするやつに取っ組み合いのけんかを挑んだ。勝敗は別として、どちらからともなく手を引いたが、その日を境にいじめはなくなった。

子供たちの間には、何がしかのルールのようなものがあったように思う。

私の家では、自家用の卵を得るためにニワトリを飼っていて、餌やりは子供の私の日課だった。私がニワトリ小屋に近づくと、ニワトリはのどを鳴らしながら一斉に集まってくる。ところが、一羽だけ寄ってこないので、母親に話すと「それはいじめだね」と言って、翌日、その一羽を小屋の外に出してやった。外に出たニワトリは何事もなかったように元気に同じ餌箱の餌を小屋の外からついばんでいた。

この一羽のニワトリのためにとった母の対応には、今さらながら感心させられる。

いじめの問題は古くて新しい、永遠の課題なのかもしれない。それだけに、家庭でも学校でも、そしてあらゆる機関を含めた社会が一体となって、適切な対応を考えるべきときだと思う。

【略歴】館林高卒。県社教連合会理事、県防犯協会理事、県少年補導会理事、町区長会長など歴任。現在、県文化協会監事、町社会福祉協議会長も務める。

上毛新聞　2007年（平成19年）7月7日（土曜日）　読者のページ　（30）

視点

オピニオン21

お茶飲みごっこ

板倉町文化協会長
小林《こばやし》　新内《しんない》　板倉町大高嶋

地域の力を結集しよう

テレビの映像でときどき昔の家屋を見かける。子供のころのわが家も似たような住まいだった。家の中に太い大黒柱が立っている。広々とした土間の片隅にかまどがあり、天井からは自在鉤《じざいかぎ》という器具が下がっていて真っ黒にすすけた鉄瓶がつるされ、下からまきが燃やされて煙り、湯気が一緒に立っていた。ろくな間仕切りもない部屋があり、紙張りの障子を境に南側は縁側である。

近所の人たちはいつも腰をかけて横向きになって雑談をしていた。どこの家の縁側もいうならば近所の人たちの社交の場になっていた。梅干しのお茶請けでお茶を振る舞われる。時には梅干しの上に砂糖がかけられ、そばで遊んでいる子供たちの手のひらにも梅干しと砂糖が乗せられ、甘酸っぱい味が何ともいえず、思い出しても口の中につばが出てくる。「〇〇さんちの娘さんが嫁に決まった」とか「△△さんが転んで向こうずねを打ったって。痛かったんべえ…」など、たわいのない会話が交わされていた。

情報手段の少なかった時代、世界の動きがどうとか、総理大臣の発言についてのニュースはあまり伝わってこない代わりに、地域の中での出来事は良いことも悪いことも、こうしたお茶を飲みながらの雑談の中から瞬く間に広まっていく。子供がいたずらなどすると、時には子供が家に帰る前に親の耳に入る。親に叱《しか》られる前に近所の大人に叱られた。毎日顔の見える年寄りの姿が見えないとすぐ話題になる。このような「お茶飲みごっこ」でみんなが地域の情報を共有し、その課題も自分たちの問題としてとらえるなど連帯意識が強かったのだろう。

だが、いつの間にかこうした地域の中のコミュニティーの場が少なくなってきた。腰をおろす縁側も少なくなっている。家の構造もプライベートな部屋が好んで造られるようになった。隣の家との庭が地続きでそれぞれの家の縁側とも境を感じなかったのが、最近は隣同志が疎遠になってきている。家族でも個室を持つようになり、生活のパターンが少しでもずれると朝夕のあいさつさえもなくなってしまう。

こうした環境が人々の心の内にも変化をもたらしている。地域の人々も、また家庭内でもお互い意志の疎通を欠き、トラブルのもとになったり、子供たちまで巻き込む多くの事件・事故につながる要因になってはいないだろうか。

地域の人々の持つ共通の問題意識には、大きな意味があると思う。犯罪防止のために各地の住民による防犯パトロールも大きな成果を収めている通りで、こうした地域の力をいろいろな面で発揮してほしい。こうした力を例えば地域の福祉に向けていただいたら、弱い立場の人々にはどんなにありがたいことだろう。

水害の発生しやすい季節だが、災害で真っ先に犠牲になるのが高齢者、特に一人暮らしの人たちである。

「お茶飲みごっこ」のように気軽に集まり、地域の課題を共有することで、心の中の垣根を低くして隣近所が「お互いさま」と助け合えるお付き合いができたら、本当にすてきだと思う。

【略歴】館林高卒。県社教連合会理事、県防犯協会理事、県少年補導会理事、町区長会長など歴任。現在、県文化協会監事、町社会福祉協議会長も務める。

視点

オピニオン21

思い出したくない夏

板倉町文化協会長

小林《こばやし》　新内《しんない》　板倉町大高嶋

生きた心地しなかった

「平和の願いを後世へ」。七月十日付の上毛新聞の大きな活字が目にとまった。空襲や戦災を記録する会前橋大会の記事である。筆舌に尽くし難い体験を経て今日を迎えた今、いつか子や孫に話しておきたいと思う一方、あの悲惨な出来事は二度と思い出したくもない。だが、今回はあえて書くことにした。

一九四五年八月十五日、太平洋戦争は終わった。私が中学二年の夏休み中のことであった。今後どうなるのか不安と絶望に打ちのめされた。しかし、日本が奇跡的な復興を遂げた今、「戦争の悲惨さ」が忘れ去られようとしている。このことは決して風化させてはならないと思った。

戦争も末期に近いころ、敵機襲来を告げるサイレンが頻繁に鳴り響くようになり、時々米軍のB29爆撃機が空高く真っ白い飛行機雲の尾を引いて飛んで来るようになった。初めて見たその光景は異様な恐怖心を誘ったが、夜になると西の空が真っ赤に染まり、地響きを伴った轟《ごう》音が続いた。農耕用に飼育していた馬が小屋を壊さんばかりに暴れる。

そんなある朝、登校して驚いた。校庭のど真ん中に直径一〇㍍以上もある大きな円すい形の穴が開いていて、校舎の窓ガラスは砕け散り、教室に入ると、手のひらを広げ捩《ねじ》曲げた形の鉄片が壁を破り、柱などに突き刺さっている。前夜の爆撃の跡と分かり、愕然《がくぜん》とし身の毛のよだつ思いだった。

私の家から学校まで自転車で約一時間かかるのだが、半分ぐらい走った所で突然、敵機襲来のサイレンが鳴った。空襲警報が発令された時は自宅で待機することになっていたので、どうしようか迷った。今にも降り出しそうな空を見上げていると東の方向から聞きなれない轟音が近づいている。何の音かと目を凝らしていると、真っ黒な物体がこちらに向かって迫ってくる。小型飛行機が数機、編隊を組んで超低空で飛んで来たが、ときどき「バリバリ」というけたたましい音がする。話に聞いていた機銃掃射《そうしゃ》というのだろう。急いで道路脇のくぼ地に飛び込み、手で頭を抱えて伏《ふ》せた。何をする術もない。しかも波状的に何回もやってくる。もう生きた心地はしなかった。これでおしまいかと観念したものだ。それ以降、空襲警報が発令される度に自宅裏の竹山に掘られた防空壕に避難した。

私の妹は四一年十二月八日、太平洋戦争開戦日に生まれたが四五年七月十七日、栄養失調のため四歳で亡くなった。戦争中だけの命だった。広島の部隊で兵役についていた父が外泊で帰宅し、涙ながらに密葬を済ませた。後ろ髪を引かれる思いだったのだろうか、部隊に戻ったその朝八時十五分、原爆に見舞われたとのことだ。建物の下敷きになったがようやく救出されたという。一命は取り止めたものの帰郷後、被爆者手帳を交付されたが、病魔と闘った。

直接銃こそ持たなかったが戦争のみじめさは身にしみている。武力での問題解決は絶対あり得ないことを世界中の人々が知るべきである。

【略歴】館林高卒。県社教連合会理事、県防犯協会理事、県少年補導会理事、町区長会長など歴任。現在、県文化協会監事、町社会福祉協議会長も務める。

小林 新内（こばやし しんない）
1931年（昭和６年）、群馬県板倉町生まれ。群馬県立館林高校卒業後、農業に就く。養蚕、稲作、ナス・キュウリ栽培などに力を注ぐ。1966年（昭和41年）、全国農業コンクールにて農林大臣賞・名誉賞を受賞。また、農事功績者として緑白綬有功章を受章。遊穂自然農園会長。
2001年（平成13年）、板倉町社会福祉協議会の会長に就任し、2009年（平成21年）まで務める。
趣味は、ゴルフ・そば打ち。

土塊《こごり》は肥やしになる

2019年４月７日　初　版　発行

著　者　小林　新内
発行人　小林　敏史
発行所　ほんの森出版株式会社
〒145-0062　東京都大田区北千束３-16-11
TEL03-5754-3346　FAX 03-5918-8146
https://www.honnomori.co.jp

印刷・製本所　電算印刷株式会社

ISBN978-4-86614-112-1 C0095